Manfred Eichhorn
Kaffee, mein Leben

Manfred Eichhorn

Kaffee, mein Leben

Geschichten und Bilder
aus meiner Hennadäpper-Zeit

Silberburg-Verlag

1 2 3 4 5 08 07 06 05 04

Abbildung Seite 25: Archiv der Südwest Presse, Ulm.
Foto Seite 120: Adler/Stadtarchiv Ulm.
Alle anderen Abbildungen sind private Aufnahmen
aus dem Besitz des Autors.
Umschlaggestaltung: Anette Wenzel, Tübingen,
unter Verwendung einer privaten Aufnahme
aus dem Besitz des Autors.
Druck: Freiburger Graphische Betriebe, Freiburg i. Br.
Printed in Germany.

ISBN 3-87407-633-4

Inhalt

Blaulandschaft mit Marienkirche

Drhoim – Ein Vorwort

Keine Hennadäpper-Geschichten mehr! Zwei Bücher sind mehr als genug. Die Kindheit ist abgeschlossen. Nichts gibt es mehr zu erzählen. Und was sich noch erzählen ließe, ich will es für mich behalten!

Es war im Frühling, als ich das dachte. Die Tage waren wieder länger geworden, die Spaziergänge ausgedehnter, und die Sehnsucht nach einem fernen Süden hatte sich wieder einmal in mir breit gemacht. Meine Gedanken flogen mir voraus; ich hechelte ihnen hinterher, bepackt mit den Illusionen des Alltags ...

Doch dann traf ich eines Morgens plötzlich die Kurz Hannelore aus der Jägerstraße, welche im Jahr 1966 das Bravo-Girl geworden war, und alles verkehrte sich in den wenigen Minuten unseres Gesprächs ins Gegenteil.

Auf den zweiten Blick erst hatte ich sie erkannt. Ihr Lachen, als auch sie mich erkannte, zeichnete für einen Augenblick ein paar Striche in ihr Gesicht, harmlose Fältchen, die sie im Laufe der Jahre dazugewonnen hatte.

Dass sie alle in unserer Stube Platz fanden, wunderte mich.

Weil die Kurz Hannelore nicht nur das Bravo-Girl, sondern auch die Schwester meiner einstigen großen Liebe war, fragte ich sie, was denn die Karin so mache.

»Die isch drhoim«, sagte sie.

Die Antwort traf mich, berührte mein Innerstes. Lange hatte ich diese Umschreibung der Hausfrau und Mutter nicht mehr gehört. Ach, was war in diesem Drhoim nicht alles enthalten.

Der Klang absoluter Geborgenheit wehte mich an.

Drhoim! War das eine Glücksformel? Oder ein anderes Wort für Erfüllung und Entsagung gleichermaßen.

Ein Bild taucht jetzt auf, in welchem meine Mutter unentwegt durch die Zimmer unserer Parterrewohnung wandert, stets unterwegs zwischen Küche, Stube, Schlaf- und Kinderzimmer. Unterbrochen nur von gelegentlichen Ausflügen in den Keller oder in den Garten.

Drhoim, das war mein Vater auf dem Sofa, ständig auf der Jagd nach Pferdedieben, mit denen er jeden Abend in eine andere Welt geflohen war, um den Bildern zu entgehen, die der Krieg in seinen Kopf gebrannt hatte.

Drhoim, das waren mein Bruder Reinhold und meine Großmutter Amalie, die am Tisch saßen und auf den Kaffee warteten, den meine Großmutter mit den Worten »Kaffee, mein Leben« begrüßte.

Drhoim, das waren meine Schwestern, für die ich, als Nachzügler, ein verspätetes Spielzeug war, die in mir jedoch die Sehnsucht nach dem Weiblichen schürten.

Drhoim, das war die Tenorstimme meines Bruders Karlheinz, der ein Apostel war, dem ich gefallen und nacheifern wollte; das war mein Bruder Hans, der, bevor mein eigenes Leben recht begann, es schon zu etwas gebracht hatte.

Drhoim, das waren die angsterfüllten Augen meiner Mutter, wenn mein Vater einen Herzanfall hatte. Das war die Angst, die mich in mancher Nacht beschlich. Drhoim, das war der Ort, wo alles Schmerzliche sich leichter ertragen ließ.

Drhoim, das war auch die Wachter Hedwig.

Ich betrachte ein Bild, das ich stets bei mir trage: unsere Stube, gefüllt mit Verwandtschaft. Dass alle in dieses Zimmer passten, gehört zu den großen Rätseln jener Zeit.

Ich blättere in den Alben, die ich vom Dachboden geholt habe. Ich schaue die Bilder darin an, und später, im Bett, die Bilder, die in meinem Kopf zu Geschichten sich formen. Sie purzeln heraus, ich kann sie nicht aufhalten. Was bleibt mir also anderes übrig, als noch einmal in meine Kindheit einzutauchen, kopfüber – oder mit Hennadäppern mich vorzutasten, in rückwärtige Bilder.

Alte Fotos

Wenn meine Großeltern fotografiert wurden, dann mussten sie, der extrem langen Belichtungszeiten wegen, eine ganze Weile in künstlich starrer Pose ausharren. Da die Fotos im Atelier aufgenommen wurden, ist auch die Landschaft im Hintergrund künstlich. Ein solches Foto hatte auch meine Mutter in der Kommode. Es lag dort zwischen den halb vollen Rabattmarken-Heften und den Wildwest-Romanen meines Vaters. Freilich hielt sie in der Kommode auch andere Fotos für die Nachwelt parat, Bilder aus jüngerer Zeit, die runde Geburtstage oder Heilige Abende dokumentierten.

Dieses eine Foto aber war so alt, dass es mir fremd und irgendwie auch schaurig erschien, obwohl die darauf festgehaltenen Personen mir durchaus vertraut waren.

Heute sehe ich, wie viel Mühe sich der Fotograf damit gemacht hatte, die Familie richtig aufzustellen. Mein Großvater, als Familienoberhaupt, thront im Sessel. Alle Verantwortung lastet auf ihm, drückt ihn herunter; er muss einfach sitzen.

Familienporträt meiner Großeltern Amalie und Kaspar

Familienporträt meiner Eltern

Großmutter Amalie aber, die hinter ihm steht, hält die Familie zusammen. Ihre Hände ruhen auf seiner und auf der Schulter meiner Mutter, die noch ein Kind ist. Der kleine Junge, mein Onkel Franz, wird vom Großvater an der Hand genommen, damit dieser ihm den rechten Weg zeigen kann.

Der Dackel im Vordergrund bringt etwas Leben in das ansonsten starre Familien-Porträt. Aber auch er steht. Nur mein Großvater hat das Privileg, die Prozedur des Fotografiertwerdens sitzend über sich ergehen zu lassen.

Auf alten Fotos erscheint mir alles alt. Häuser, Mode, selbst Landschaften. Als hätte es die Gegenwart früher noch nicht gegeben. Auch Kinder sehen auf alten Fotos bereits alt aus. Und meine Eltern, hier mit meinen vier älteren Geschwistern auf einem Bild, das man während des Krieges, als mein Vater auf Heimaturlaub war, hatte machen lassen.

Fotografiert wurde fast nur bei großen Familienereignissen wie Hochzeiten, Verlobungsfeiern, Taufen, der ersten heiligen Kommunion und freilich zu Weihnachten. Alltag dagegen gab es selten.

Obwohl viele Abzüge kaum größer als Briefmarken waren, wurde versucht, eine möglichst große Anzahl von Leuten darauf unterzubringen. Bemerkenswert ist auch, wie viel Platz man dem Himmel eingeräumt hat und einer eher eintönigen Umgebung, in der eine kleine Menschengruppe leicht verloren ging.

Ich blättere in den Alben, betrachte die Fotos, die lose in Briefkuverts und in Schuhschachteln liegen, und suche meine Kindheit darin. Dem Mack Erich von damals will ich begegnen und der Wachter Hedwig. Doch die Bilder sind scheu. Ich muss erst ihr Vertrauen gewinnen.

The Day After
oder:
Die Blau trat über ihre Ufer

Ein Bild fällt aus dem Album. Ich hebe es auf und halte es zum Licht, das spärlich durchs Fenster dringt. In der Stube ist es schon dämmrig. Auf dem Foto sind mein Großvater zu erkennen und unser Nachbar, der Herr Geiselmann. Sie unterhalten sich über das, was in der vergangenen Nacht geschehen war. Ein Unwetter hatte es gegeben und die Blau war über ihre Ufer getreten und hatte Gärten und Straßen überschwemmt. Mein Großvater und Herr Geiselmann betrachten das Hochwasser und diskutieren darüber. Sie fragen sich, ob es einen Schuldigen gibt. Vielleicht wurde das Blauwehr nicht rechtzeitig geöffnet, über das ein Teil des Wassers über das Bläle hätte abgeleitet werden können.

Gleich erinnere ich mich. Weniger an die Nacht, in der es in Strömen geregnet hatte und in der Blitz und Donner die Dramaturgie bestimmten. Auch kaum an den Umtrieb, den mein Vater und Onkel Franz später wohl veranstalteten, weil das Hochwasser unseren Keller geflutet hatte und beide deshalb bemüht waren, möglichst viel vor den Wassermassen in Sicherheit zu bringen.

Ich erinnere mich an den Tag danach.

Die Klosterstraße stand noch immer unter Wasser, und auf der anderen Seite, der Gartenseite, reichte die Blau bis an unsere Hauswand. Die Kellerfenster waren mit Sandsäcken zugestellt. Vor Eberles Haus stand ein Feuerwehrauto. Ein zweiter Tankwagen parkte vor Baumeisters Einfahrt. Überall lagen Schläuche.

Der Schwenk Gerhard, der seit den frühen Morgenstunden schon auf den Beinen war, schien über alle Vorgänge der vergangenen Nacht, über Ursache und Auswirkung der Hochwasserkatastrophe unterrichtet zu sein. Welche Keller geflutet und in wessen Parterrewohnung das Hochwasser eindringen konnte, der Schwenk Gerhard wusste Bescheid. Die entstandenen Schäden schätzte er grob auf 500 000 Mark. Als Ursache führte er eine zu schwache Kanalisation an. Zuletzt erklärte er mir noch die Funktion und Anwendungsmöglichkeiten eines jeden Feuerwehrschlauchs.

Wäre die Wachter Hedwig nicht in diesem Augenblick durch den Garten zu uns hergewatet, der

Nach dem Unwetter Anfang Juli 1956,
links mein Großvater Kaspar, daneben Herr Funk,
mit Hosenträgern Herr Geiselmann

Schwenk Gerhard hätte gewiss noch mehr zu berichten gehabt. So aber zog er es vor, einen übernächtigten Feuerwehrmann, der gerade noch Herrn Heims Keller leerpumpte, auszufragen.

Da ich ebenfalls barfuß ging, watete ich der Wachter Hedwig entgegen. Vor der Gartenhütte, die freilich auch unter Wasser stand, trafen wir zusammen. Schweigend betrachteten wir mein Sanatorium; vorläufig würde ich dort keine Untersuchungen mehr durchführen können, denn auch die medizinischen Geräte hatten unter dem Unwetter gelitten.

Wir beobachteten den Herrn Funk. Er watete im Wasser scheinbar ziellos umher. Dass er sein weggeschwommenes Brennholz im Umkreis von mehreren hundert Metern zusammensuchte, erfuhren wir erst später.

Mein Bruder Karlheinz kam am Mittag nach Hause. Als Apostel war er ebenfalls gut informiert. Er erzählte uns, dass an der Harthauser Straße die mehrere Zentner wiegenden Stufen einer Steintreppe unterspült und weggerissen worden waren. Weil die Krone noch immer unter Wasser stand, sah er den Frühschoppen am nächsten Sonntag in Gefahr.

Als die Feuerwehrautos um die Mittagszeit abzogen, kamen Bulldozer, Planierraupen und Lastwagen, um den Schlamm und Dreck von den Straßen zu räumen.

Mein Vater kam an diesem Tag früher als sonst von der Arbeit. Weil die aufgerissenen Asphaltdecken jeden Verkehr unmöglich machten, hatte er ins Röhrenwerk laufen müssen, barfuß mit hochgekrempelten Hosenbeinen. Die Schuhe trug er bei sich, in seiner Vespertasche.

Meine Tante Cilly, die fast immer unter Kopfschmerzen litt, beklagte den Verlust, den die Apotheke, bei der sie ihre Medikamente holte, durch das Unwetter hatte hinnehmen müssen. Der Schaden gehe in die tausende, meinte sie. Zum Glück hatte meine Tante, als hätte es ihr eine innere Stimme geraten, sich rechtzeitig mit Kopfschmerztabletten eingedeckt.

Obwohl die Niederschlagsmenge den Rekordwert von 71 Litern pro Quadratmeter erreicht hatte, ein Rekord, der, laut Statistik, noch heute Gültigkeit hat, wurde heftig nach Schuldigen gesucht.

Die Söflinger meinten, man hätte die Schützen am Roten Bach zu spät geöffnet, man solle ihn überhaupt verbreitern und vertiefen.

Weil die Bevölkerung nach einer solchen Katastrophe aber grundsätzlich dazu neigt, einen Schuldigen zu suchen, gab der Oberbürgermeister Pfizer die Erklärung ab, dass das Wetter von Gott und nicht von den Menschen gemacht wird. Zum gleichen Ergebnis kam auch unser Pfarrer Rohrer. Verwaltungstechnisch wäre allerdings Petrus dafür verantwortlich zu

Überall lagen Schläuche ...

machen, meinte er. Meine Mutter kommentierte die Schuldfrage dagegen eher sprichwörtlich: »Do hot oiner sein Teller net ausgessa«, sagte sie.

Damals, als der Himmel alle Schleusen öffnete, war ich gerade mal fünf Jahre alt. An das Unwetter erinnere ich mich nicht mehr. Ich erinnere mich an den Tag danach. Und daran, dass ich damals wohl damit anfing, erwachsen zu werden.

Helga Klöble und der Minnesang

Wenige Wochen, bevor der Unterricht zur Erstkommunion begann, hatte ich eine kurze, aber nachhaltige Liaison mit der Klöble Helga, deren Eltern an der Harthauser Straße einen Schweinemastbetrieb unterhielten.

Nachhaltig deshalb, weil es die einzige Liaison in meinem Leben blieb, die ich eigenständig und im Rahmen einer mehr oder minder interessierten Öffentlichkeit auflöste.

Der Mack Erich und der Maichel Bernd standen dabei, die Röser Bärbel und die Helga Kühne. Und die Wachter Hedwig kam gerade, waghalsig auf Rollschuhen, dazu, als ich der Klöble Helga unmissverständlich erklärte, es sei aus zwischen uns.

Da unsere Liaison erst etwa zwei Wochen zuvor begonnen hatte, kam diese Entscheidung für alle, vor allem aber für die Klöble Helga, überraschend. Schließlich war sie der Überzeugung gewesen, unsere Bindung stehe, seit dem Tage, da ich sie nach Hause begleitet hatte, auf einem festen Fundament. Sie konnte ja nicht ahnen, dass ich damals ohnehin zum

Sportplatz unterwegs war, und da der Schweinemastbetrieb ihrer Eltern ziemlich genau an den Sportplatz grenzte, konnte ich die Klöble Helga auch gleich heimbegleiten. Unterwegs schlug sie vor, alle Formalitäten möglichst rasch zu erledigen. So gingen wir Hand in Hand und sagten, dass wir von jetzt ab miteinander gingen. Außerdem küssten wir uns. Anschließend zeigte sie mir den Schweinemastbetrieb.

Nach solch einem Vertrauensbeweis war es nur verständlich, dass sie jetzt wie ein begossener Pudel dastand.

Vielleicht tat ich es, um der Helga Kühne zu imponieren, in die ich seit der dritten Klasse schon verliebt war. Vielleicht wollte ich mir auch nur selbst imponieren. Einen Augenblick lang jedenfalls triumphierte ich darüber, Herr über derartige Gefühle sein zu können. Und hätte die Wachter Hedwig nicht der Situation das Prickeln geraubt – weil sie von den Rollschuhen kippte und auf dem Hosenboden landete, was ungleich mehr Interesse fand und allgemeine Heiterkeit auslöste –, vielleicht wäre die Klöble Helga in Tränen ausgebrochen. So aber nahm sie den Laufpass, den ich ihr gegeben hatte, gelassener, als ich es mir erhofft hatte. Nur mit den Achseln zuckte sie. Und als ich die Auflösung unserer Beziehung noch einmal mit drastischen Worten unterstrich, sagte sie nur: »Moinsch, i ben daub?!«

Meinloh von Sevelingen,
aus der Mannessischen Liederhandschrift, um 1320

Die anderen konnte sie täuschen mit ihrer gespielten Gleichgültigkeit. Mich aber nicht. Ihre Augen verrieten mir, wie gekränkt sie war. Ich hatte ihr den Boden unter den Füßen weggezogen und nun flohen ihre Blicke in die Weite der Blauwiesen, als gäbe es dort einen Punkt, wo derart gedemütigte Frauen Trost und Zerstreuung finden.

In diesem Augenblick aber schwappte auch die Scham über mich und es wurde mir unbehaglich in meiner Haut.

Immerhin fühlte ich mich als ein direkter Nachfahre des Meinloh von Sevelingen, der im 12. Jahrhundert als Minnesänger durch unsere Lande zog und – anders als seine Kollegen, die allein das Lob weiblicher Liebesdienste besangen – aus der dienenden Frau eine Angebetete machte. Weil auch unsere Schule nach ihm benannt war, galt er als der berühmteste Söflinger überhaupt.

Am Abend dann wuchs sich mein Unbehagen zur Schuld aus. Und mein Herz war zur Sühne bereit. Abbitte wollte ich leisten. Da die Klöble Helga in diesem Moment nicht erreichbar war, bat ich Gott um eine Absolution. Aber ich spürte gleich, dass er sich dafür nicht zuständig fühlte. Bei meiner ersten Beichte, die unmittelbar bevorstand, durfte er sich aber nicht mehr davor drücken. Weil er mich jetzt aber mit meinem Problem allein ließ, blätterte ich in den Gesängen des Meinloh von Sevelingen und fand den Vers:

»Ich gelege mir in wol nâhe, den selben kíndèschen man. Sô wól mich sînes komens: wie wol er vrowen dienen kan.«

Darunter stand die Übersetzung:

»Ich lege ihn nahe zu mir, diesen jugendlichen Mann. Wie wohl tut mir sein Kommen. Wie gut er Frauen dienen kann.«

Dass die Poesie mir zur Seite stand, deutete ich als ein Zeichen und wollte auch gleich ein Gedicht schreiben, welches die Vorzüge der Klöble Helga besingen sollte. Auch der Schweinemastbetrieb sollte darin eine Rolle spielen. Weil sich aber auf beides absolut nichts reimen ließ, fasste ich andere Vorsätze.

Gleich morgen würde ich meiner Mutter anbieten, mit ihr die Wäsche aufzuhängen. Auch wollte ich meiner Großmutter Amalie künftig mehr Gehör bei unseren Kaffeestunden schenken und der Heimstraßoma demnächst einen unerwarteten Besuch abstatten.

Bei nächster Gelegenheit wollte ich die Wachter Hedwig küssen und ihr damit zeigen, dass ich ihr die Sache mit dem Regenwurm nicht länger nachtrug. Aber vor allem wollte ich die Klöble Helga um Verzeihung bitten. All diese Vorsätze habe ich irgendwann ausgeführt, nur die Sache mit der Klöble Helga steht mir noch bevor.

Südafrika

Eigentlich wäre es mir lieber gewesen, mein Onkel Gustl wäre in Südafrika geblieben. Einen Onkel zu haben, der in einem anderen Kontinent lebt, damit stand man bei den Klassenkameraden hoch im Kurs, besonders wenn man diese Tatsache mit exotischen Briefmarken, die Elefanten, Löwen und Giraffen zeigten, belegen konnte.

Einmal war einem Brief ein Foto beigelegt, welches meinen Onkel und seinen Sohn Bernd mit einem Löwenbaby zeigte.

Zu Weihnachten schickte mir mein Onkel sogar ein Lichtbild-Gucki, wo man dieselben Tiere in ihrer natürlichen Umgebung beobachten konnte. Ein anderes Dia zeigte einen Neger mit Kopfschmuck. Am besten aber gefiel mir der Wasserfall, in dem ein Regenbogen sich spiegelte.

Ich ließ das Gucki reihum gehen. Den Mack Erich faszinierten ausschließlich die bloßen Brüste der Negerinnen. Er verweilte deshalb lange bei dieser Impression, während er die anderen Bilder im Sekundentakt durchlief. Der Maichel Bernd überlegte, ob

Mein Onkel Gustl, sein Sohn Bernd und das Löwenbaby

auch er, wie Albert Schweitzer, eine Zeit lang in Afrika praktizieren sollte. Die Wachter Hedwig war in erster Linie von dem Gucki selbst beeindruckt. Als sie seine Funktion begriff, kommentierte sie staunend jedes einzelne Bild. Mein Bruder Reinhold schlug vor, dafür Eintritt zu verlangen.

Weil es in Südafrika besonders zu Weihnachten sehr heiß war, schickten wir im Gegenzug für die Kinder eine Taucherbrille und Schwimmflossen.

Als mein Onkel Gustl jedoch nach elf Jahren meinen Wunsch ignorierte und aus Südafrika zurückkam, freute ich mich doch über dieses Ereignis, denn schließlich war ich sein Patenkind und er hatte sich seit meiner Taufe nicht mehr bei mir blicken lassen. Eines Tages stand er also mit seiner Frau, die meine Tante Adeline war, vor unserer Haustür, brachte zwei Söhne, allerhand Geschichten und ein paar Holzneger als Geschenke mit.

Die Begrüßung war mit etwas Herzklopfen verbunden, ansonsten aber nicht weiter überschwänglich, sondern eher so, als wären die Auswanderer nur einmal kurz von Afrika auf einen Kaffee vorbeigekommen.

Auch meine Großmutter Amalie freute sich, dass ihr Sohn endlich wieder heimgekehrt war. Doch weil meine Mutter schon den Kaffee auftrug, wusste sie nicht mehr zu sagen als: »Kaffee, mein Leben!«

Mein Onkel war erstaunt, dass unser Stadtbild sich in den vergangenen Jahren so stark verändert hatte. »Fascht hädd i nemme hergfonda«, sagte er.

Meinem Vater brachte er einen Massai-Krieger aus Holz mit, der mit einem Speer bewaffnet war. Onkel Franz bekam einen Buschmann ohne Speer.

Ich wurde mit einem Buch mit Schwarzweißbildern aus Südafrika beschenkt. Die Bildunterschriften konnte ich nicht lesen, weil sie auf Englisch und Niederländisch waren. Beim Blättern darin fiel mir sofort auf, dass Südafrika ein glückliches Land sein musste. Alle Personen darin, ob schwarz oder weiß, waren guter Laune. Die Weißen waren in der Überzahl. Sie spielten Tennis und Golf oder gaben Empfänge. Die Neger sortierten Orangen und packten sie in Kisten. Dabei lachten sie in die Kamera.

Die Wasserfälle waren nicht dabei.

Wie wir alle, freute sich auch mein Vater über die Heimkehr seines Schwagers. Weil Onkel Gustl ihn bereits in Saloniki während des Krieges mit dem Jagdflugzeug besucht hatte, fragte er scherzhaft, wo er denn diesmal gelandet sei.

Während ich das Buch mit den Schwarzweißfotos durchblätterte, erfuhr ich, dass die Neger, wenn sie nicht gerade Orangen in Kisten packten, als Hausangestellte bei den Weißen arbeiteten. Auch meine Tante Adeline hatte ein paar Neger beschäftigt.

Da es in Söflingen keine Neger gab, musste sie die Hausarbeit von nun an selber verrichten. Dennoch hatte meine Tante Adeline am Nachmittag Zeit, einen Kriminalroman zu lesen, worüber sich sowohl meine Tante Cilly wie auch meine Mutter wunderte. Sich tagsüber, ohne krank zu sein, aufs Sofa zu legen, konnte sich doch keine Hausfrau erlauben. Denn eine Hausfrau, das wusste meine Mutter aus Erfahrung, war ständig auf der Wanderschaft.

Auch meine Großmutter Amalie wunderte sich über das Laisser-faire ihrer Schwiegertochter, begründete es aber mit den afrikanischen Lebensumständen, denen Adeline elf Jahre lang ausgesetzt gewesen war.

Meine Großmutter wohnte jetzt, da die Afrikaner ins Dachgeschoss zogen, bei Onkel Franz und Tante Cilly, und immer häufiger erzählte sie die letzte ihrer drei Episoden, die sich in jener Zeit, als sie in Glarus als Hausmädchen tätig war, ereignet hatte. Sie versuchte sie jedes Mal in mehr oder weniger geglücktem Schwyzerdütsch wiederzugeben.

Der junge Herr der Familie, bei der sie in Dienst stand, gab ihr einmal den Auftrag, ihm doch acht Ochsenaugen aus der Küche zu beschaffen. Ochsenaugen, so erklärte meine Großmutter jedes Mal neu, heißen in der Schweiz die Spiegeleier. In der Küche meinte man, sechs Ochsenaugen wären mehr als genug für den jungen Herrn. Als sie ihm diese servierte, zählte er laut und freilich schwyzerdütsch die Spiegeleier. Weil es nur sechs waren, gab er meiner Großmutter eine Ohrfeige und schickte sie mit den Eiern zurück in die Küche.

Die Pointe begleitete sie mit Gesten, der junge Herr hätte vermutlich nicht alle Tassen im Oberstübchen gehabt, relativierte diesen Umstand allerdings mit der Erklärung, dass alle Menschen im Ausland etwas wunderlich wären.

Die Söhne, die mein Onkel Gustl und meine Tante Adeline aus Südafrika mitgebracht hatten, hießen Thomas und Bernd und waren ein paar Jahre jünger als ich, sprachen aber dafür fließend englisch, was mich beeindruckte. Bernd, der Ältere, konnte mir deshalb auch die Texte aus meinem Südafrika-Buch übersetzen. Eine Bildunterschrift hieß »Straßenräuber«. Erst jetzt wurde mir klar, dass die Negerkinder darauf ein Auto ausraubten. Weil sie so viel Freude dabei zeigten, schloss ich eine kriminelle Handlung zunächst aus.

Dass im Garten meiner Vettern Orangen wuchsen, ließ einen vagen Neid in mir aufkommen. Um die Schlangen, die gelegentlich bei der Orangenernte auftauchten, beneidete ich sie dagegen nicht, noch weniger um die Vogelspinnen, deren Biss zwar schmerzhaft, die Giftwirkung jedoch, wie meine Vettern meinten, gering wäre. Außerdem verfüge jeder Haushalt über ein entsprechendes Gegengift.

Bald erfuhr ich auch, dass Neger und Weiße überall streng getrennt wurden. In der Schule, im Bus, selbst auf Parkbänken. Mein Onkel Gustl war dennoch der Meinung, dass dies nicht unbedingt eine Rassendiskriminierung wäre. Der CSU-Vorsitzende Franz Josef Strauß kam während einer Südafrikareise im Jahre 1966 zu demselben Ergebnis. Er äußerte, dass er keine Unterdrückung erkenne, weil die Politik der Apartheid auf einem religiösen Verantwortungsbewusstsein für die Entwicklung der nichtweißen Bevölkerungsschichten ruhe.

Je mehr ich über Südafrika und das Leben dort erfuhr, desto weniger beneidete ich meinen Onkel und seine Söhne deswegen. Allenfalls um das Foto mit dem Löwenbaby.

Damit hätte ich der Wachter Hedwig imponiert.

»Reinholz Kommünion«

Weil mein Bruder Hans vergessen hatte, einen Rollfilm zu kaufen, wurde das Ereignis meiner ersten heiligen Kommunion durch kein einziges Foto dokumentiert. Zuweilen bedauere ich das. Das Bild, wie ich mit der Helga Kühne zum Altar schreite, hätte man für die Nachwelt festhalten müssen.

Ich weiß noch, dass die schwarzen Lackschuhe vom Pfarrer Rohrer gestellt wurden und dass die Kommunionskerze meine Großmutter Amalie ausgesucht hatte. Viel mehr weiß ich nicht mehr. Die Bilder fehlen in meinem Album und in meinem Kopf. Jemand mit Fotoapparat hätte anwesend sein müssen.

Bei meinem Bruder Reinhold war das anders. Als er das Sakrament empfing, wurde wie verrückt fotografiert. Bilder von ihm und den anderen Kommunikanten auf dem Weg in die Kirche gibt es. Es gibt Bilder, die ihn zeigen, wie er die Hostie entgegennimmt, Bilder vom anschließenden Mittagessen im Turnerheim, vom Kaffeetrinken und Abendessen. Und es gibt ein Gruppenfoto mit der ganzen Verwandtschaft, auf dem auch ich vertreten bin.

»Reinholz Kommunion«: Gruppenbild nach dem Essen

»Reinholz Kommunion«: Prozession

»Reinholz Kommunion«: Reinhold zwischen den Eltern

Wenn ich die Bilder betrachte, dann steigen aus ihnen auch die kleinen Ereignisse hervor. Unbedeutende Komparsen zwar, doch geben sie dem Eigentlichen erst Farbe und Gewicht.

Noch heute erinnere ich mich an die Eisbombe, die es zum Nachtisch gab, und daran, wie wir Kinder die Zeit zwischen Mittagessen und Kaffee Fußball spielend auf dem Sportplatz verbrachten. Nur mein Bruder Reinhold, die Hauptperson, hatte seinen Tischplatz lediglich fürs Gruppenbild verlassen, welches mein Bruder Hans kurz vor dem Kaffee knipste.

Selbst der Rosette aus Bitterschokolade, die als Verzierung der Buttercremetorte diente, und dem Bluna zum Vesper wurden bleibende Nebenrollen zugedacht. Ganz zu schweigen von den übrig gebliebenen Kuchen und Torten, die am Ende des Festtages unter der Verwandtschaft aufgeteilt wurden.

Ein Bild aber habe ich immer vor Augen: mein Bruder Reinhold – ein strahlendes Kommunionkind, das zwischen Vater und Mutter sitzend seine Hauptrolle genießt.

Es gab Tage, da habe ich meinen Bruder Reinhold um dieses und um all die anderen Fotos, die seinen Festtag dokumentieren, beneidet. Wenn er dann seinen Hochmut spielen ließ, immer seines Vorteils bewusst, dann trieb er diesen zuweilen auf die Spitze und schrieb auf die Rückseite aller in Frage kommenden Bilder: »Manfred Eichhorn fehlt.« In solchen Momenten habe ich meinen Bruder gehasst.

Vielleicht gab es auch Augenblicke, in denen ich Onkel Franz und Tante Cilly hasste, weil sie mir ein Fotoalbum mit der Widmung »Zur Erinnerung an deine erste heilige Kommunion« schenkten. Hatte ich Gott beleidigt, weil ich beim Kommunionsunterricht vielleicht nicht immer bei der Sache war? Anders ließ sich der Spott nicht erklären, den er in Form eines Erinnerungsalbums, zu dem es keine Bilder gab, über mich ergoss.

Zum Glück ist mein Bruder Reinhold sehr pragmatisch veranlagt. Irgendwann hat er mir seine Fotografien geliehen, damit ich sie in mein Album kleben kann. Und ich habe in Blockbuchstaben darunter geschrieben: »Reinholz Kommunion«. Psychoanalytiker mögen den Rechtschreibfehler als Ausdruck meiner anhaltenden Enttäuschung deuten.

Doch während mir als innere Bilder nur die geliehenen Schuhe, die Kerze, die meine Großmutter Amalie für mich ausgesucht hatte, und der gemeinsame Weg zum Altar mit der Helga Kühne bleiben, so entdecke ich doch ein Indiz, dass die Fotos von der Kommunion meines Bruders auch meinen Festtag dokumentieren: Es ist der Anzug, in welchem mein Bruder Reinhold steckt. Denselben habe auch ich, drei Jahre später, zum gleichen Anlass getragen.

Familie Schiefmaul

Auf den Fotos diverser Familienfeste schaut meine Tante Berta immer etwas ungeduldiger drein als ihre drei Geschwister. So, als wollte sie den Fotografen antreiben; sie hätte schließlich noch anderes zu tun, als auf diesen Fotoapparat zu starren. Auch eine Familienfeier, das wusste meine Tante, war letztlich eine Aufgabe, die es zu bewältigen galt.

Weil meine Tante Berta am Bodensee wohnte, gehörte sie bei jeder Familienfeier zu den wichtigen Personen. Wichtig waren neben den Anlassgebern immer die, die von weither kamen.

Auch mein Onkel Reinhold gehörte zu diesen. Der lebte in Oberammergau und war dort der zweite Bürgermeister.

Wenn in Oberammergau die Passionsspiele ins Haus standen, ließ sich mein Onkel Reinhold einen Vollbart wachsen. Obwohl er dort der zweite Bürgermeister war, spielte er bei der Passion nur einen Pharisäer, der mit einem einzigen Satz bei Pilatus die Kreuzigung Jesu forderte. Später setzte er sich noch für die Freilassung des Barabbas ein.

Bei der Hochzeit meiner Schwester Suse mit dem Bachner Siegfried überraschte er uns mit einer Kostprobe seines Auftritts. Sein »Ans Kreuz mit ihm« klang äußerst glaubhaft, ebenso der Spottruf des Pöbels: »Heil dir, König der Juden!«

Mehr Bühnenerfahrung hatte nur mein Bruder Karlheinz. Er gestand, dass er bei den Passionsspielen gerne den Judas gegeben hätte. Da er jedoch kein Oberammergauer war wie mein Onkel, musste er diese Rolle aufs letzte Abendmahl beschränken, welches er mit den Aposteln turnusmäßig beging.

Bei jeder Familienfeier aber wartete mein Bruder Karlheinz mit seinem Einpersonenstück »Die Familie Schiefmaul« auf, wofür er jedes Mal reichlich Beifall erntete. Dann und wann sang er mit meiner Schwester Margret auch im Duett. »Brüderlein, Brüderlein und Schwesterlein«, sangen sie und versetzten damit alle in eine melancholische Stimmung.

Meine Tante Berta ließ keine Familienfeier aus, bei der sie nicht auch damit renommierte, dass sie es im Leben zu etwas gebracht hatte und das, obwohl ihr Mann, der mein Onkel Schorri war, ihre Einkünfte täglich ins Blaue Eck trug. Weil auch die Wäscherei meines Onkels eher ein Verlustgeschäft war, lag er selbst damit meiner Tante auf der Tasche. Erst als die Wäscherei Bankrott ging und mein Onkel Schorri eines Tages nicht mehr aus dem Blauen Eck nach Hause

Onkel Reinhold als Pharisäer

Wir Kinder als Festgäste

kam, weil er dort gestorben war, stand dem Reichtum meiner Tante nichts mehr im Wege.

Zweimal die Woche stand sie mit ihrem Anhänger auf dem Wochenmarkt. Mein Vater behauptete, ihr Geschäft wäre eine Goldgrube. Es war eine Zeit, in der Butter, Eier und Käse in großen Mengen verzehrt wurden.

Während für uns meine Tante Berta und somit der Bodensee das einzige Urlaubsziel blieb, verbrachte meine Tante ihren Urlaub in den folgenden Jahren nur noch in Tunesien. Auch darüber unterrichtete sie uns bei jeder Familienfeier. In Tunesien sei die Welt noch in Ordnung, behauptete sie, denn bis auf das Wetter wäre in Tunesien alles deutsch. So sehr sie aber die Sauberkeit in den Hotels dort lobte, daheim nahm sie es damit nicht so genau. Sie entschuldigte dies mit den Worten: »Entweder Gschäft oder Haushalt, boides goht net.«

Mein Vater, der sich ansonsten nur Heiligabend und am Muttertag in die Hausarbeit einmischte, erledigte für freie Kost und Logis während unseres Urlaubs den vernachlässigten Haushalt meiner Tante.

Während meine Tante Berta nur zu den Familienfeiern herfuhr, nahm mein Onkel Reinhold sogar den Wochenmarkt zum Anlass für eine Reise. Weil er keinen Führerschein hatte, musste er sich ein Taxi nehmen. Radieschen, Schnittlauch, gelbe Rüben sowie die Söflinger Tomaten und Rettiche verteuerten sich dadurch.

Nach Oberammergau hatte es meinen Onkel in den letzten Kriegstagen verschlagen. Erst lag er dort in einem Lazarett, danach arbeitete er für die Amerikaner, die Oberammergau besetzt hielten. Dort lernte er auch die Anni kennen, wegen der er eine Scheidung in Erwägung zog. Weil er seine Frau davon persönlich in Kenntnis setzen wollte, fuhr er wieder nach Ulm. Das Gespräch verlief intimer, als er sich das gedacht hatte. Die Folge war, dass ich noch eine Cousine bekam. Sie hieß Anneliese. In Oberammergau und bei der Anni blieb mein Onkel dennoch.

Obwohl mein Onkel Reinhold nun nicht mehr schwäbisch sprach, sondern sich eines bayerisch gefärbten Hochdeutschs bediente, weil er inzwischen in Oberammergau der zweite Bürgermeister geworden war, schlug sein Herz nach wie vor für die Ulmer Fußballmannschaft. Zum Schicksalsspiel gegen die Viktoria Aschaffenburg kam er wieder angereist. Mein Vater und ich begleiteten ihn ins Stadion. Weil mein Onkel ein Passionsspieler war, gab er ein brauchbares Maskottchen ab. Um das Ergebnis machte ich mir deshalb keine Gedanken. So blieb seine Anwesenheit auch hier nicht ohne Folgen. Ulm blieb der Oberliga erhalten, während die Viktoria aus Aschaffenburg absteigen musste.

Bei den großen Familienfeiern, die entweder im Schlössle oder im Turnerheim stattfanden, saßen wir Kinder immer an einem Extratisch. Dass auch wir zur Unterhaltung etwas Komisches beisteuerten, wurde allgemein erwartet. Meine drei Nichten wussten meistens mit einer choreografischen Einlage zu gefallen. Während das Publikum noch dazu applaudierte, wurde ich von einer heftigen Panikattacke heimgesucht. Die Angst, jemand würde mich im nächsten Moment auf die Bühne zerren, weckte in mir den Wunsch, nicht länger ein Mitglied dieser Familie zu sein.

Die entfernteren Verwandten taten dagegen alles, um den Eindruck zu erwecken, dass sie dazugehörten.

Wenn mein Bruder Karlheinz die Requisiten für die »Familie Schiefmaul« herräumte, konnte ich wieder aufatmen. Das war der Höhepunkt bei jeder Familienfeier. Danach wurde von niemandem mehr irgendeine Darbietung verlangt.

Obwohl wir alle die »Familie Schiefmaul« in- und auswendig kannten, fieberten wir ihr doch jedes Mal aufs Neue entgegen. Kaum hatte mein Bruder Karlheinz die Kerze angezündet, wurde es auch schon mucksmäuschenstill im Saal und alle starrten wir gebannt auf den Ort der Handlung: eine Stube, in der eine Kerze brannte. Mein Bruder Karlheinz skizzierte nun in wenigen Sätzen einen gemütlichen Abend bei der Familie Schiefmaul, wobei er auch die einzelnen Familienmitglieder vorstellte. Vater, Mutter, Sohn und Tochter, alle hatten sie verschieden schiefe Münder oder Mäuler, die mein Bruder gekonnt mimte und dabei seine Stimme verstellte. Den Vater ließ er mit einem rauchigen Bass sprechen, bei der Tochter bediente er sich der Kopfstimme.

Als Vater Schiefmaul allen eine gute Nacht wünschte, dabei die Familienmitglieder mahnte, sie sollten nicht vergessen, die Kerze auszublasen, bevor auch sie zu Bett gingen, steuerte das Stück dem Höhepunkt zu, denn anatomisch war freilich keiner in der Lage, das Problem zu lösen.

Dennoch versuchte es zunächst die Tochter mit einem schiefen Gepuste, knapp an der Kerze vorbei, was uns Zuschauer in erste Verzückungen versetzte, der Tochter Schiefmaul jedoch die resignierte Erkenntnis bescherte: »I breng dia Kerz net aus!« Auch der Sohn des Hauses gab nach einigen Fehlversuchen auf. »I breng dia Kerz ao net aus«, gab er klein bei und weckte, nachdem auch die Mutter versagt hatte, den verärgerten Vater, der schief dahermaulte: »Jetzt brengat dia die Kerz net aus«, während über uns Zuschauern eine Woge der Begeisterung schwappte.

Die wütenden Fehlversuche des Vaters, die wir mit Szenenapplaus quittierten, mündeten in der

Mein Bruder Karlheinz als Unterhalter

Niedergeschlagenheit des Patrons, der sich selbst und allen eingestehen musste: »Kender, i breng dia Kerz ao net aus.«

Da wurde es wieder still im Saal, denn leise und der Verzweiflung nahe hauchte die Mutter in die Runde: »Was demmer jetzt bloß?«

Die Tochter meinte, man könnte doch den Onkel um Rat fragen. So kommt auch der Onkel noch ins Spiel, und sie gestanden ihm verzagt: »Onkel, mir brengat dia Kerz net aus.« Da feuchtete der Onkel Daumen und Zeigefinger an und drückte damit den Docht der Kerze aus.

»Ja, so häddad mrs ao kenna«, bemerkte der Vater abwertend. Und auch die anderen Familienmitglieder maulten enttäuscht hinter dem Onkel her: »Ja, so häddad mrs ao kenna. So ischs ja koi Kunst!«

Ein anhaltender Beifall begleitete meinen Bruder Karlheinz von der Bühne. Einige trampelten vor Wonne auf den Boden, andere schrien nach einer Zugabe. Mein Bruder aber setzte sich zurück auf seinen Platz und nahm einen kräftigen Schluck Bier.

Ich schaute ihn bewundernd an und war stolz, dass auch ich zur Familie Schiefmaul gehörte.

Bravo-Girl

Im Jahr 1966, Mao Tse-tung hatte soeben die große Proletarische Kulturrevolution verkündet und US-Luftstreitkräfte hatten Hanoi bombardiert, da standen der Erdmann Manfred und ich am Gassenschank bei Molfenters Mosterei und diskutierten die Wahl zum Bravo-Girl, für welche auch die Kurz Hannelore aus der Jägerstraße nominiert war.

Die Molfenter Lissy brachte uns eine Cola. Dass ein Mädchen aus der Jägerstraße derart berühmt werden könnte, bezweifelte sie. Der Erdmann Manfred aber hatte alle Kandidatinnen eingehend studiert und meinte: »D'Hanne wird s Bravo-Girl!«

Ich schloss mich seiner Prognose bedenkenlos an; immerhin war die Kurz Hannelore bereits siebzehn und machte bei Beiselen, einer Düngemittel-Großhandlung, gerade eine kaufmännische Lehre, weshalb wir Schüler sie in Söflingen nun seltener zu Gesicht bekamen. Einen festen Freund hatte sie außerdem. Der war aus Beimerstetten. Dennoch wollte die Hannelore, sollte sie die Hummel-Reise nach Mallorca gewinnen, ihre ältere Schwester Ilse mitnehmen. Die wäre nämlich, würde es je dazu kommen, schuld an dem Ganzen, weil sie ihr die Bravo, die sie nur vom Hörensagen her kannte, zugesteckt hatte.

Ilses Überzeugung, die Schwester könnte das Bravo-Girl werden, wurde von ihr jedoch entrüstet zurückgewiesen.

»Ilse, du spennsch!«

»Jetzt schick halt a Foto ei, komm!«

»Do gibts doch Scheenere wie mi.«

»Aber du wärsch halt typisch.«

»Gwieß net!«

Weil die Kurz Hannelore keine Bravo-Leserin war, wusste sie nicht, worüber ein typischer Teenager Bescheid wissen sollte. Weder was Pierre Brice über Marie Versini in seiner Winnetou-Story verraten hatte noch dass Graham Bonney mit seinem »Super Girl« mittlerweile auf Platz 1 der Bravo-Musikbox angelangt war. Sie wusste nichts von den Plänen der Stones noch der Beatles und nichts über die Deutschland-Tournee der Beach Boys. Auch den Bravo-Test »Bist du leicht zu durchschauen?« kannte sie nicht. Und nicht Doktor Vollmer, dem man mit den intimsten Fragen kommen konnte.

Während die Kurz Hannelore darüber sinnierte, fielen ihr aber die mit der Wahl verbundenen Preise wieder ins Gedächtnis und sie geriet ins Wanken. Der Einkaufsgutschein über 500 Mark lockte gar zu sehr.

Diese sechs Mädchen kamen in die Endausscheidung! Eine von ihnen wird das

BRAVO-Girl 66

Hannelore Kurz Sie kam vor 17 Jahren in Ulm auf die Welt, ist 1,65 m groß und hat blonde Haare und grüne Augen. Sie wollte gerne Drogistin werden, aber die Eltern waren gegen die „Giftmischerei". Heute ist sie vom Chef vielgelobter Lehrling in einer Düngemittelhandlung. Sie schwärmt für Jean-Paul Belmondo, Flugreisen und Essiggurke mit Mohrenkopf. Nach Chicago würde sie ihre Schwester Ilse mitnehmen, aber sie fürchtet, nie dort anzukommen, weil sie unterwegs vor Freude sicher verrückt werden würde.

Diese 6 Girls gewinnen:
Je einen Gutschein über DM 500,–, mit dem sie sich in einem KARSTADT-Kaufhaus einkleiden können.

Das BRAVO-Girl 66 gewinnt außerdem:
KARSTADT eingerichtetes Teenager-Zimmer im Wert von DM 5000,–, 1 Renault R 4 im Wert DM 5000,–

Unter den Wählern wird verlost:
1 LUFTHANSA-Flug nach Chicago mit achttägigem Aufenthalt im dortigen

Petra Klein

Aus der Bravo

Und freilich auch die Hummel-Reise nach Mallorca. An den ersten Preis, einen Lufthansaflug nach Chicago, verbunden mit einem achttägigen Aufenthalt im dortigen Hilton-Hotel, dachte sie nicht. Ihre Sehnsucht war bescheiden. Es zog sie nicht ins Rampenlicht. Familienglück hieß ihr Traum. Was immer das auch war. Aber der Einkaufsgutschein hatte es ihr, sie konnte sich nicht dagegen wehren, doch angetan. Sie verdiente jetzt 170 Mark im Monat. 500 Mark zusätzlich, für ein Foto, eine Briefmarke, das war die Sache doch allemal wert.

Im November dann, Israelis hatten gerade ein Palästinenser-Dorf überfallen, Moskau und Peking blieben durch eine Reihe diplomatischer Zwischenfälle weiter auf Konfrontationskurs, war auch die Wahl zum Bravo-Girl endlich entschieden worden. Und wie der Erdmann Manfred es prophezeit hatte, war es die Kurz Hannelore aus der Jägerstraße geworden.

Nun stand das Telefon in der Firma Beiselen nicht mehr still. Jeder wollte das Bravo-Girl sprechen. Zeitungen, Fernsehen, Radio und immer wieder die Bravo-Reporter, die sie mit neuen Ideen für eine Vermarktung überraschen wollten. Mal mit einer Foto-Story, dann wieder mit einer privaten Bildserie. Weil es bei der Kurz Hannelore zu Hause noch kein Telefon gab, riefen sie in der Firma an. Weil sich Privatleute meldeten, die ihre Glückwünsche aussprachen oder auch Heiratsanträge stellten, war ihr das peinlich. Auch die Bild-Zeitung meldete sich. Sie wollte nicht hintanstehen und schickte einen Reporter, der das Bravo-Girl nun überallhin begleitete. Auch zum Dorffest nach Beimerstetten kam er mit. Die Beimerstetter waren stolz. Nur einige Mädchen machten abfällige Bemerkungen. »So toll isch se ao wieder net« war eine von der harmlosen Sorte.

Später hatte der Bild-Reporter noch die Idee, die Kurz Hannelore zum Udo Jürgens mitzunehmen, damit dieser zu dem Lied »Siebzehn Jahr, blondes Haar« inspiriert werden konnte. Eine Schlagzeile war dies allemal wert. Dass Udo Jürgens das Lied bereits komponiert hatte, war unerheblich. Dennoch war der Schlagerstar sehr freundlich, hatte allerdings wenig Zeit für das Bravo-Girl, da er dringend ins Krankenhaus musste, weil seine Frau dort gerade Tochter Jenny zur Welt brachte.

Obwohl die Amerikaner mit den Rassenunruhen, der Beisetzung von Walt Disney und mit dem Vietnamkrieg mehr als beschäftigt waren, fanden sie noch Zeit, die Wahl zur »World Teen Princess« auszurichten.

Als Bravo-Girl musste die Kurz Hannelore daran teilnehmen. Weil sie kein Englisch konnte, war ihr der Auftritt eher peinlich. Allein auf dem Laufsteg, von Hunderten begafft, einen Text in einer fremden Sprache herunterzulesen, der einen selbst beschrieb und den man doch nicht verstand, das konnte nicht die Erfüllung sein. Aber auch das ging vorüber, so wie die Reise nach Chicago und New York, zu der sie nun doch die Mutter mitgenommen hatte.

Die Angebote aus der Werbung hatte das Bravo-Girl abgelehnt wie auch Fernsehauftritte bei einer Jugendsendung und weitere Fototermine. Sehr zum Ärger der Bravo. Schließlich hatten der Verlag einen Renault R 4 investiert, eine Zimmereinrichtung für 3000 Mark, bei der selbst Platten und Bücher nicht fehlten, vom Flug nach Amerika mit Aufenthalt im Hilton-Hotel für zwei Personen ganz zu schweigen. Und nun diese Undankbarkeit! Den Gutschein über 500 Mark, bei Karstadt einzulösen, gar nicht mitgerechnet. Aber wegen dem hatte sie schließlich den ganzen Rummel in Kauf genommen.

Nach einem Jahr war aber auch dieser vorbei und der Alltag konnte sich wieder ungehindert in ihrem Leben breit machen.

Zwar waren die Söflinger noch immer stolz, dass die Kurz Hannelore das erste Bravo-Girl geworden war, doch räumten sie ein, es hätte durchaus auch eine andere Söflingerin sein können.

Das erste Aūswärtsspiel

Als der Feucht Udo an unserer Haustür klingelte, prüfte ich noch einmal den Inhalt meiner Sporttasche: Fußballschuhe, Handtuch, Seife und Socken. Alles, was ich brauchte, war drin. Ich hatte also nichts vergessen.

Da wir ab heute im Verein spielten, sollten wir den Dress der TSG Söflingen, Trikot, Hose und Stutzen, wie es im Vereinsfußball noch heute üblich ist, erst unmittelbar vor dem Spiel erhalten.

Obwohl wir früh genug dran waren, drängelte der Feucht Udo. Aber der drängelte immer, wenn ihn etwas Neues erwartete.

Damals standen wir vor unserem ersten Punktspiel. Weil es gleich ein Auswärtsspiel war, gewann das Ereignis noch an Bedeutung.

Im Turnerheim war Treffpunkt. Dort warteten bereits der Mack Erich und der Maichel Bernd. Sie waren noch ungeduldiger als der Feucht Udo. Die anderen Spieler trudelten erst nach und nach ein. Der Fischer Norbert, der Wieland Werner, der Vögele Joachim, der Faßbinder Peter und so weiter.

Mannschaftsaufstellung,
von links: oben Fischer, Feucht, Mack, Faßbinder, Eichhorn, Brida;
unten Vögele, Maichel, Frommer, Wieland, Göser

Schließlich fuhr der Trainer Benz mit seinem VW-Bus vor.

Wir reisten zwar nur nach Erbach, doch kam meiner Mutter gleich in den Sinn, dass in diesem Jahr bereits eine Fußballmannschaft auf dem Weg zu einem Auswärtsspiel verunglückt war. Es war dies die Mannschaft des englischen Meisters Manchester United, die in München-Riem mit dem Flugzeug abgestürzt war und dabei sieben Tote zu beklagen hatte.

Dass wir nicht mit dem Flugzeug, sondern mit dem VW-Bus unseres Trainers unterwegs sein würden, diente nicht unbedingt ihrer Beruhigung. Allein das Wort Auswärtsspiel war für sie ein Signal für Gefahr.

Uns aber schwellte die Brust. Vorbei waren die Zeiten, in denen wir losten, welche Mannschaft mit nacktem Oberkörper auflaufen musste und welche die Hemden anbehalten durfte. Jetzt spielten wir um Punkte, in einer richtigen Liga, für die Farben unseres Vereins.

So stiegen wir gewichtig in Erbach aus dem VW-Bus, reckten die Nase in den frischen Wind und griffen nach unseren Sporttaschen, mit denen wir kurze Zeit später in den Umkleidekabinen verschwanden. Gespannt beobachteten wir dort, wie Herr Benz den Metallkoffer öffnete, und waren im nächsten Moment enttäuscht, ja erschüttert, als die

Kleidung unter uns verteilte wurde, die wir uns, leise murrend und immer kleiner werdend, anzogen.

Zwar hatten wir nun alle die gleichen Leibchen an, aber es waren eben nur Leibchen, grünfarbene Unterleibchen ohne den geringsten Ärmelansatz, und weit entfernt von richtigen Trikots. Auch hatten sie keine Rückennnummern. So waren wir auch nicht stolz, sondern eher schüchtern, als wir auf dem fremden Fußballplatz standen und den Gegner bestaunten, lauter fremde Jungen, die wir nie zuvor gesehen hatten, alle etwas kräftiger als wir und wesentlich besser und der Witterung angemessen gekleidet, denn ihre rotweißen Trikots, richtige Fußballhemden mit Kragen und Rückennummern, hatten sogar lange Ärmel.

Ob es daran lag, dass wir erst April hatten, oder ob in Erbach das Klima allgemein kühler war, wussten wir nicht. Was wir wussten, war, dass all diese äußeren Umstände uns zum Nachteil gerieten. Auch die Zuschauer, pöbelnde Jugendliche, die uns von Beginn an verhöhnten und die eigene Mannschaft nach vorne brüllten, stärkten nicht gerade unser Selbstwertgefühl.

Doch gab es auch einen Moment, in welchem wir vor Ehrfurcht erstarrten. Es war der Anpfiff. Der Schiedsrichter, ein schwarz gekleidetes Männchen, kaum größer als wir, doch erwachsen, hatte mit den beiden Spielführern die Platzwahl vorgenommen.

Und weil der Erbacher diese gewonnen hatte, nahm sich der Mack Erich den Ball und legte ihn zum Anstoß bereit. Dann starrten wir alle gebannt auf den kleinen, älteren Herrn in Schwarz, wie er die Pfeife zum Mund führte und damit einen historischen Augenblick auslöste: Unser erstes Auswärtsspiel nahm seinen Lauf.

Nun wehte ein anderer Wind. Vorbei waren die Zeiten, in denen wir selber die Regeln festlegten und ein Spiel beendeten, wenn es entweder dunkel wurde oder eine überwiegende Anzahl von Spielern nach Hause musste. Vorbei waren die Zeiten, als wir unsere Gegenspieler noch kannten, ihre Namen und Eigenschaften und in welche Klasse sie gingen. Wir wussten immer, wer leicht zu umspielen war und vor wem man sich in Acht nehmen musste. Wir kannten ihre Stärken und Tücken und freilich auch ihre Schwächen.

Dieser Gegner aber war uns fremd, so fremd, als wäre er von einem anderen Stern.

Nun blies ein anderer Wind. Doch nicht mal der meteorologische war uns freundlich gesonnen. Ohne Rücksicht blies er durch unsere ärmellosen Leibchen. Bald ereiferten wir uns deshalb mehr über die Sparmaßnahmen des Vereins als über die rüde Gangart, mit welcher die Erbacher Spieler uns konfrontierten. Mein Gegenspieler hechelte wie ein Wadenbeißer neben mir her. Und wenn der Maichel Bernd mir einen Ball zuspielte und ich ihn nicht gleich an den Mack Erich weiterspielte, dann grätschte er mir in die Beine.

Aber schlimmer als der Gegner war die Kälte. Aprilschnee fiel jetzt. Eisige Flocken auf unsere nackten Arme und Schenkel.

Der Göser Jürgen schnatterte wie die Enten am Binsenweiher, sodass er zunächst versuchte, sich durch ein übertriebenes Laufpensum leidlich zu erwärmen. Als sein Bemühen unbelohnt blieb, versuchte er es mit einer anderen Taktik und blieb fortan stehen, starr wie ein Eismännchen, welches wir nach Spielende unter der Dusche wieder auftauen mussten.

Es war nur eine Frage der Zeit, wann die Erbacher das erste Tor erzielen würden. Dass es erst kurz vor der Pause fiel, verdankten wir dem Frommer Uli, der unser Torwart war.

Weil die Jugend-Tore damals noch keine Netze hatten und der Ball somit nicht in den Maschen zappelte, sondern sich in der Weite des Sportgeländes verlor, fehlte dem finalen Ereignis jedoch das eigentlich Triumphale.

Die Niederlage hielt sich in Grenzen. Drei zu null verloren wir damals, und hätte der Frommer Uli, der eigentlich ein Stürmer und ein Jahr älter war als wir, nicht zwischen unseren Pfosten gestanden, wäre es vielleicht noch schlimmer gekommen.

Spielszene beim Rückspiel in Söflingen

So aber wartete unser Trainer im VW-Bus auf uns, sprach uns Trost und Mut zu und prophezeite uns eine glorreiche Zukunft, weil er von Natur aus ein Optimist war und auch vielleicht schon ein Bier getrunken hatte.

Auf der Rückfahrt sangen wir deshalb ein paar Lieder. Es waren Fußballlieder, die wir von der A-Jugend und von der ersten Mannschaft her kannten.

Annemarie, was suchst du in der Stadt?
Annemarie, was suchst du in der Stadt?
Ich such mir einen Mann,
der Fußball spielen kann.

Auch das Lied »In einem Polenstädtchen« sangen wir und »Schwarzbraun ist die Haselnuss«. Zu mehr reichte die Zeit nicht, denn Erbach liegt nicht allzu weit von Söflingen entfernt.

Als wir im Turnerheim dann noch das Lied »Aber eins, aber eins, das bleibt bestehn, die TSG wird niemals untergehn« anhängten, hatten wir bereits wieder so viel Mut beieinander wie unser Trainer nach ein paar Flaschen Bier.

Erst auf dem Heimweg, als der Feucht Udo in die Ackerstraße abbog und ich allein die letzten Schritte nach Hause vor mir sah, kam die Ernüchterung zurück: Ich hatte mir alles ganz anders vorgestellt. Mit hängendem Kopf berichtete ich daheim, in aller Kürze, von den Ereignissen dieses Nachmittags.

Meine Mutter tröstete mich, sagte: »Des isch doch gleich!«, und war sichtlich froh, dass mir kein schlimmeres Schicksal an diesem Tag beschieden war.

Meine Firmung

Die Firmung soll dazu dienen, den Glauben zu festigen, und wird durch Handauflegung und Salbung der Stirn mit Chrisam-Öl empfangen. Dieses Sakrament wird nur einmal im Leben, ein paar Jahre nach der Erstkommunion, gespendet.

Weil ich damals bereits zwölf war und deshalb immer weniger auf die Gebote der Keuschheit achtete, war die Idee mit der Firmung ein durchaus überlegter Schachzug unseres Pfarrers, der mich davor bewahren sollte, jenseits unserer Kirchengemeinde, im Sumpf der Sünde, verloren zu gehen.

Es wunderte mich daher nicht, dass zu diesem Ereignis eigens der Weihbischof aus Rottenburg angereist kam.

Neben Handauflegung und Salbung rief er auch die Dreifaltigkeit an, wodurch wir Firmlinge zu noch mehr Kraft und Stärke für ein religiöses Leben kommen sollten.

Vorbereitet auf diesen Tag wurden wir im Firmunterricht, der uns abwechselnd vom Vikar Mayer und von unserem Pfarrer Rohrer erteilt wurde.

Der Vikar Mayer versuchte, den Unterricht möglichst modern zu gestalten. Dann und wann brachte er sogar eine Gitarre mit. Es war ihm nicht verborgen geblieben, dass wir fast ausnahmslos die Beatles vergötterten. Mit dem Lied »Danke für diesen schönen Morgen«, welches er zur Gitarre sang, bot er uns eine Alternative an. Sein Vorschlag, einen ganzen Gottesdienst lang die Orgel durch die Gitarre zu ersetzen, wurde allerdings erst Jahre später realisiert.

Beim Firmunterricht war der Mack Erich mein Nebensitzer. Während der Pfarrer Rohrer uns erklärte, dass das lateinische Wort »firmare« so viel wie »festigen« und »dauerhaft machen« bedeute, verglichen der Mack Erich und ich die Busen der weiblichen Firmlinge, wobei wir beide ganz enorme Unterschiede feststellen konnten. Während die Steinle Maria noch immer flach wie ein Bügelbrett war, tendierten andere Mädchen des gleichen Jahrgangs bereits zu einem Hängebusen.

Neben diesen Betrachtungen war uns auch der aktuelle Fußball immer eine Debatte wert. Soeben hatte Inter Mailand den Europapokal im Endspiel gegen Real Madrid gewonnen, und in Lima, beim Länderspiel Argentinien gegen Peru, kamen 328 Menschen zu Tode, weil der Schiedsrichter in der 82. Minute das Ausgleichstor der Peruaner annulliert hatte. Noch lange sinnierten wir darüber nach, welche Katastrophen fragwürdige Schiedsrichterentscheidungen auslösen können.

Trotz allem war der Firmunterricht vom Vikar Mayer unterhaltsam. Einmal brachte er einen Tiegel mit Salbe mit, die er uns auf die Stirn schmierte. Die Henninger Christa gab sich der Salbung mit geschlossenen Augen hin, die Wachter Hedwig kicherte, lenkte sich dann aber mit dem Lied »Ich will 'nen Cowboy als Mann« ab, welches sie leise summte. Der Mack Erich hielt das Ganze für eine Trainingseinheit und bat um eine Wiederholung. Der Vikar wollte aber wissen, was wir bei der Salbung empfunden hatten. Zur Auswahl bot er Folgendes an: Kühlung, Entspannung, Selbstbewusstsein und Schönheit. Der Frey Hans tippte auf Kühlung, die Henninger Christa auf Entspannung. Die Wachter Hedwig entschied sich für Schönheit. Weil sie wieder kicherte, definierte der Vikar den Begriff Schönheit mit »Man ist etwas wert«. Die Wachter Hedwig war stolz, die richtige Antwort gewusst zu haben.

Ein andermal brachte er das Bild »Betende Hände« mit, welches Albrecht Dürer gezeichnet hat. Danach mussten wir uns an der Hand nehmen. Auch bei dieser Übung fiel die Henninger Christa durch Hingabe, die Wachter Hedwig dagegen durch Heiterkeit auf.

Anschließend probte der Vikar mit uns die Bedeutung des Handauflegens und fragte hinterher, was wir

Vikar Mayer und der Frey Hans beim Firmunterricht

dabei empfunden haben. Wieder hatte er mehreres zur Auswahl anzubieten: Geborgensein; jemand hat Zeit für mich; es hat jemand Interesse an mir; Herr, in deinen Händen ruhen meine Schläfen.

Der Frey Hans meldete sich wieder als Erster. Weil er in der ersten Bank saß, drehte er sich nach uns um und forschte, ob seine Antwort einen Lacher erzeugen könnte. Darüber vergaß er, was er eigentlich sagen wollte, was ihm nun wirklich ein paar Lacher bescherte.

Nach diesem peinlichen Zwischenfall meldete sich die Henninger Christa und brachte den Firmunterricht wieder auf sein angemessenes Niveau zurück. »Herr, in deinen Händen ruhen meine Schläfen«, sagte sie. Und wieder schloss sie dabei die Augen.

Wenn der Pfarrer Rohrer den Unterricht leitete, beschränkte er diesen meist auf das Auswendiglernen unserer Firmbekenntnisse.

Zuweilen fand er aber auch Zeit, uns vor dem Satan zu warnen, der im Augenblick in einigen Lichtspielhäusern hauste.

Wer eine Welt ohne Gott will, der möge sich den Film »Das Schweigen« anschauen, zitierte er den Bischof und beschrieb in groben Zügen die Handlung. Das Wort Sex ersetzte er dabei durch Unkeuschheit. Der Mack Erich bedauerte, dass Firmlingen der Film schon aus Altersgründen nicht zugänglich war.

Einmal erzählte der Pfarrer Rohrer auch, dass Papst Paul VI. als erster Papst überhaupt das Heilige Land besucht hatte, um am Ölberg mit dem orthodoxen Patriarchen zusammenzukommen. Dort tauschten sie dann den Friedenskuss als Symbol der Bruderliebe und beteten gemeinsam das Vaterunser. Der Pfarrer Rohrer erzählte noch ausführlicher von dieser Papstreise, aber der Mack Erich und ich waren längst wieder bei den Busen angelangt, die wir Bank für Bank kategorisierten.

Dass die Firmung selbst an einem normalen Werktag war, wunderte mich. Ein großes Fest konnte es daher nicht werden. Mein Vater war bei der Arbeit. Auch mein Bruder Karlheinz, der Apostel, wollte dafür keinen Urlaubstag opfern. So waren meine Mutter, meine Großmutter Amalie und meine Schwägerin Elli, die ich mir als Firmpatin ausgesucht hatte, meine einzigen Begleitpersonen. Jemand zum Fotografieren war auch nicht da.

Dennoch war die Kirche bei dieser festlichen Eucharistiefeier voll besetzt, was der Anwesenheit des Weihbischofs zu verdanken war. Im Rahmen dieser Feier nahm er von uns Firmbewerbern dann gemeinsam das Firmbekenntnis entgegen.

Er sagte: »Im Firmbekenntnis erneuerst du deinen Glauben, der in der Taufe grundgelegt wurde und zu dem du jetzt selbst dein entschiedenes Ja sprichst.«

Die Wachter Hedwig als Firmling

Unser gemeinsames Ja hallte durchs Kirchenschiff. Danach versicherten wir dem Weihbischof mehrfach, dem Satan und all seinen Verführungen zu entsagen. Jetzt durfte ich mit meiner Schwägerin Elli, die meine Firmpatin war, nach vorne an den Altar, wo mir der Weihbischof die rechte Hand auf die Schulter legte und mir mit Chrisam-Öl ein Kreuz auf die Stirn zeichnete.

Nun war ich gefirmt und ein wenig später auch der Mack Erich.

Meine Schwägerin Elli lud mich zum Essen ein. Weil ich sie zu meiner Firmpatin auserwählt hatte, schenkte sie mir außerdem ein Paar Puma-Fußballschuhe mit Schraubstollen.

Da unser Firmtag ein normaler Werktag war, kaufte ich nach dem Essen beim Grünvogel das neue Bravo-Heft. Als Starschnitt war Pierre Brice an der Reihe. Noch fehlte seine ganze linke Seite. Fünf Hefte würde es noch ungefähr dauern, bis ich ihn beieinander hatte. Die Beatles kamen gerade von ihrer Amerika-Tournee zurück. Doktor Vollmer erteilte in seiner vertraulichen Sprechstunde wieder allerhand gute Ratschläge.

Die Geyer Anita, die vor dem Grünvogel angeblich auf ihre Freundin wartete, bat mich, das Heft durchblättern zu dürfen. Obwohl sie längere Zeit bei der Seite »Du bist schöner, als du glaubst« verweilte, wusste ich doch, dass es sich dabei um einen Vorwand handelte. Hinter der Clarissenmauer küsste ich sie deshalb, wobei ich auch ihren Busen spürte. Ich dachte an den Mack Erich und daran, wo er wohl ihren Busen eingestuft hätte.

Die Geyer Anita benützte ziemlich viel Haarspray. Beim Küssen stieg mir der Geruch in die Nase. Auch ihren Körpergeruch bekämpfte sie mit einem Deo aus der Dose. Dass die Treibmittel die Ozonschicht schädigen, war noch unbekannt.

Am Nachmittag mussten wir noch einmal in die Kirche, um unseren Glauben zu festigen. Meine Firmpatin begleitete mich.

Die Wachter Hedwig stand am Zaun und ließ sich fotografieren. Der Fotograf gab sich alle Mühe, dass auch ihr Firmkleid gut zur Geltung kam. Zu Hause bereitete meine Mutter inzwischen den Nachmittagskaffee vor. Zur Feier des Tages gab es Torte. Mein Bruder Reinhold war jetzt auch anwesend.

Wir saßen noch am Tisch, als mein Vater von der Arbeit kam. Weil er mit der Frau Gallus bereits in der Kantine Kaffee getrunken hatte, ging er jetzt den Gartenzaun entlang.

Obwohl wir bereits einen Fernseher besaßen, hatte mein Vater noch immer die Angewohnheit, auf eine Zigarette vors Haus zu gehen, um mit unserem Nachbarn die Weltereignisse zu diskutieren. Das Bundesgesundheitsamt hatte soeben einen Bericht unter dem Titel »Rauchen und Gesundheit« veröffentlicht, in dem auf die höhere Sterblichkeitsziffer von Rauchern hingewiesen wurde. Mein Vater widerlegte die These, dass Raucher häufiger an Krebs sterben, und zählte zum Beweis die Namen etlicher sehr alter Raucher auf.

Zum Abendessen gab es noch immer abwechselnd Bierschinken oder Schinkenwurst. Daran konnte auch meine Firmung nichts ändern.

Pünktlich zur Tagesschau wurde der Fernseher eingeschaltet. Die Ruhelosigkeit hielt meine Mutter von allzu ausgiebigem Fernsehkonsum ab. Die Sendung »Vorsicht Falle« verpasste sie jedoch nie. Die Art und Weise, wie skrupellose Betrüger ihre gutgläubigen Opfer hereinlegen, verfolgte sie überwiegend sitzend.

Ich hielt mich ebenfalls vor dem Fernseher auf, schraubte aber nebenher die Stollen auf meine neuen Fußballschuhe. Etwa zur selben Zeit kam mein Bruder Karlheinz nach Hause. Obwohl er inzwischen in festen Händen war, hatte ihn der Tod der Skiläuferin Barbi Henneberger, die einem Lawinenunglück zum Opfer gefallen war, sichtlich berührt. Mit meinem Vater erörterte er noch einmal, wie es zu dem Unglück hatte kommen können. Danach begutachtete er meine neuen Fußballschuhe.

Vor dem Zubettgehen las ich noch einmal mein Firmbekenntnis, in welchem ich an die heilige katholische Kirche, die Gemeinschaft der Heiligen, die Vergebung der Sünden, die Auferstehung der Toten und an das ewige Leben glauben wollte.

Zur Belohnung dafür stand morgen ein Firmausflug auf dem Programm. Zu den Schieferbrüchen nach Holzmaden.

Absender (bitte gut lesbar schreiben!):

Name ______________________________

Straße ______________________________

PLZ, Ort ______________________________

Beruf ____________________ Alter __________

Für Silberburg-Bücher interessiert sich auch:

Bitte als
Postkarte
frankieren

Postkarte – Antwort

Silberburg-Verlag
Titus Häussermann GmbH
Schönbuchstraße 48

D-72074 Tübingen

Wir sind neugierig ...

... was Sie von dem Buch halten, dem Sie diese Karte entnommen haben.

Titel des Buches:

Wie wurden Sie auf dieses Buch aufmerksam?

Bitte schreiben Sie uns ganz offen Ihre Meinung! Sie ist wichtig für unsere weitere Verlagsarbeit.

Im Silberburg-Verlag erscheint ***»Schönes Schwaben«*** – die farbige Monatszeitschrift zu Kultur, Geschichte, Landeskunde. Informativ und unterhaltsam, aktuell und zeitlos. Mit traumhaft schönen Fotos und interessanten Artikeln von kompetenten Autoren. Das Magazin, in dem auch die schwäbische Mundart gepflegt wird. Sollen wir Ihnen ein kostenloses Probeheft senden?

☐ Ja ☐ Nein

Der Silberburg-Verlag hat sich auf Themen aus Baden-Württemberg spezialisiert. Haben Sie dazu Vorschläge, zum Beispiel zu neuen Büchern?

... Sie auch?

Dann tragen Sie bitte umseitig Ihre Anschrift ein. Sie erhalten fortan regelmäßig Prospekte und Informationen über unsere neuen Bücher.

Helden

An Regentagen saß ich mit meinem Bruder Reinhold häufig am Tisch und blätterte mit ihm das Fotoalbum durch, welches mein Vater zur Erinnerung an den Krieg angelegt hatte.

Manchmal lasen wir auch in seinen Feldpostbriefen, die meine Mutter in einer Schuhschachtel aufbewahrte. Es waren handgeschriebene Briefe darunter, die wir kaum entziffern konnten; die meisten jedoch hatte mein Vater mit der Schreibmaschine getippt, mit der er ansonsten die Kriegspost erledigte. Dass ein Krieg auch jede Menge Büroarbeit mit sich brachte, kam ihm gewiss entgegen.

Weil mein Vater in den meisten Briefen hauptsächlich darüber berichtete, wie viel und was es gerade zu essen gab, hielten wir den Krieg nicht für allzu schrecklich. Zumindest nicht in Saloniki, wo mein Vater stationiert war.

Einmal gab es ein Pfund Schweinefleisch, dann wieder einen halben Hahn. Zur Abwechslung wurde schon einmal ein Hammel geschlachtet und mehrfach erlegten die Offiziere Wildsäue, die am offenen Feuer gebraten wurden. Dass dies im fünften Kriegsjahr noch möglich war, stimmte meinen Vater zuversichtlich.

Auch dass ihm seine Schwester Berta zwei Stück Rauchfleisch geschickt, von welchem er gleich eines gevespert hatte, war so wesentlich, dass es in einem Brief festgehalten wurde. Wenn er sich an manchen Tagen mit einer Portion Büchsenkäse oder mit zwei Eiern zufrieden geben musste, so sah er darin nur den gerechten Ausgleich zwischen den fetten und den mageren Jahren, die es eben auch in Kriegszeiten gab.

Einmal musste mein Vater einen Brief unterbrechen, weil jemand ein Fünfzig-Liter-Bierfass anrollte. Er bat meine Mutter um Verständnis dafür, aber er könne jetzt unmöglich länger an der Schreibmaschine bleiben, weil das Bier sonst weg sei.

Es wunderte uns, dass auch der Krieg in der Hauptsache aus Alltag bestand. Friseur, ärztliche Untersuchungen, große Wäsche. Und ab und zu etwas Unterhaltung, wie Kino oder der Besuch eines Konzerts. Die eigentlichen Kriegshandlungen nahmen in den Briefen meines Vaters wenig Platz ein. Die Feinde waren die Tommys, die mit ihren Flugzeugen in steter Regelmäßigkeit Alarm auslösten. Einmal, kurz vor Weihnachten im Jahr 1944, schrieb er: »Wenn das Wetter so anhält, werden die Tommys uns heute nacht bestimmt ein Feuerwerk bescheren.«

Granatwerfer und Infanteriefeuer sowie die Flak, deren Feuer er tagsüber in hundert weißen Wölkchen am Himmel verfolgen konnte, tauchen in seinen Briefen äußerst sporadisch auf.

Mehr als die Tommys, so schien es, machten meinem Vater die Wanzen und Flöhe zu schaffen, die ihn nachts nicht schlafen ließen. Auch die Partisanen fürchtete er mehr als die Tommys. Sie trugen keine Uniformen und hielten sich auch sonst an keine Spielregel. Wenn ihnen »heimgeleuchtet« wurde, schrieb er das meiner Mutter als Erfolgserlebnis.

Am meisten aber fürchtete mein Vater, Weihnachten nicht daheim verbringen zu dürfen. Briefelang fieberte er der Entscheidung entgegen und schrieb, wenn er keine »Platzkarte« für den Heimatzug erhalten hatte, ein paar traurige Trostzeilen an meine Mutter, die den eigenen Schmerz nicht linderten.

Aufschlussreicher als diese Briefe erschienen meinem Bruder Reinhold und mir allerdings die Fotografien aus dem Kriegs-Album meines Vaters. Bereits das erste Foto zeigte die drei Kriegshelden aus der Klosterstraße. Mein Vater, Onkel Gustl und Onkel Franz. Alle drei in Uniform, blicken sie in die gleiche Richtung. Das Foto wurde gemacht, als sie gleichzeitig auf Heimaturlaub waren. Mein Vater trug zu dieser Männerrunde ein paar Flaschen Ouzo bei, die er aus Griechenland mitgebracht hatte. In dieser Nacht, so erzählte mir mein Bruder Hans, tranken die drei Männer so lange, bis sie zu dem Ergebnis kamen, dass der Krieg auch seine guten Seiten hatte. In ihren Reden waren sie ohnehin alle Helden.

Mein Onkel Gustl war Jagdflieger gewesen. Weil er beim Überfall auf Polen bereits abgeschossen wurde, durfte er aber hernach nur noch als Überführungsflieger seinen Dienst tun. Als solcher flog er die ME 109 an die diversen Fronten. Einmal besuchte er auch meinen Vater in Saloniki. Dort gab es ein großes Hallo. Mein Vater hatte gerade Kartoffelsalat gemacht. Über Söflingen flog er häufiger; einmal sogar bei Fliegeralarm. Meine Brüder Hans und Karlheinz sahen sein Flugzeug kommen und verkrochen sich unter einer Hecke. Erst als der Flieger mit den Tragflächen wippte, als winke er damit, wussten sie, dass der Onkel Gustl in der Maschine saß. Auch der Schlamper-Dackel war unterwegs. Wie immer bei Fliegeralarm zog es ihn in den nahen Roten-Berg-Wald. Doch erschreckte auch ihn die Messerschmitt nicht, weil er das Flugzeug meines Onkels gleich erkannt hatte.

Während mein Vater und Onkel Gustl schon lange im Krieg waren, wurde Onkel Franz erst im vierten Kriegsjahr eingezogen, ohne allerdings an die Front zu müssen. Zuvor hatte ihn Adolf Hitler in der Pharmazie dringend benötigt. Jetzt suchten sie fürs

Onkel Gustl, mein Vater, Onkel Franz (von links nach rechts)

»Ein gefangener Elastiko-Klauer in Lamia (ans Rad gebunden)«

Bayreuther Lazarett einen Violinespieler, der auch als Sanitäter ausgebildet war. Die Soldaten, die verletzt von der Front kamen, sollten nicht allein medizinisch, sondern auch musikalisch betreut werden. Für diese Aufgabe war mein Onkel Franz der richtige Mann. Es hieß: Wer ein so schwieriges Instrument wie die Violine spielen kann, der kommt auch mit dem Operationsbesteck zurecht.

Das Kriegsalbum meines Vaters war bis zur letzten Seite mit Fotos bestückt. Obwohl auf jedes Blatt mindestens fünf Bilder passten, hatten nicht alle Platz und lagen lose zwischen den Deckeln. Dass man so viel Zeit und Muse fürs Fotografieren aufbrachte, hat mich erst später verwundert. Von den wichtigen Bildern hatte mein Vater Vergrößerungen anfertigen lassen.

Wenn mein Bruder Reinhold und ich das Album anschauten, verweilten wir immer eine längere Zeit bei dem Gefangenen, den man an ein Autorad gebunden hatte. Da der Gefangene keine Uniform trug, musste es ein Partisan sein. Die meisten Fotografien aber sahen wie Ferienbilder aus. Mein Vater vor der Akropolis, im Meer beim Baden oder im Zeltlager. Die Kriegshandlungen kamen auch hier zu kurz. Allein die Soldatengräber, vor denen mein Vater sich fotografieren ließ, sind der Beweis, dass man auch in Saloniki den Soldatentod sterben konnte.

»Uffz. Zwickel beim Sch...«

Unter dem Tropenhelm sieht mein Vater wie ein Eroberer aus. Doch auch die anderen Bilder lassen ihn verwegen erscheinen, als müsse er bei jedem Foto erneut seine Tapferkeit beweisen.

Das Bild am Hafen, mit dem geschulterten Gewehr, oder das, wie er neben dem Auto die Schutzbrille hochgezogen hat; ach, es gab Tage, da konnten wir uns nicht satt sehen daran.

Wenn wir aber, irgendwann, genug von den Helden hatten, dann zerrten wir das Foto mit dem Scheißhaus hervor, auf welchem ein Soldat die Tür dazu öffnet, um dem Fotografierenden den Blick freizugeben, auf den, der da sitzt, aller Welt zum Beweis: An diesem Ort sind auch alle Helden nur Menschen.

Kaffee, mein Leben

Mein Großvater Kaspar kam vom Allgäu. Er war eines von zwölf Kindern. Sein Vater war ein Holzhauer mit geringem Einkommen. Im Allgäu gab es kaum Industrie.

Wenn es März wurde, nahm der Vater den Kindern die Schuhe weg. Ab März braucht man keine Schuhe mehr, hieß es, selbst wenn noch Schnee lag.

Mit neun Jahren schon hat mein Großvater als Hütebub sein Brot bei fremden Leuten verdienen müssen. Da hat er die Kühe gehütet, ohne Schuhe, im März, wenn der Frühling erst zaghaft daherkam und Schneereste noch an der kalten Erde klebten. Da wartete er dann, bis ihm eine Kuh einen frischen Fladen bescherte, in den er sich stellen und seine Füße wärmen konnte.

Dies ist die einzige Geschichte aus der Kindheit meines Großvaters, die ich kenne. Nie hat er eine andere erzählt. Die wirtschaftliche Not der kinderreichen Arbeiterfamilien schien ihm für Episoden nicht tauglich.

Auch meine Großmutter Amalie war eins von zwölf Kindern. Das wievielte wusste sie nicht mehr zu sagen, weil einige davon den frühen Kindstod gestorben waren. Die Totgeburten rechnete sie ohnehin nicht mit. Die ganze Kindheit hatte in einer einzigen Episode Platz, in welcher sie vom Lehrer getadelt wurde, weil sie statt Amerika »Amrika« gesagt hatte. Für die Zeit, in der sie in Glarus als Dienstmädchen in Stellung war, brauchte sie dagegen bereits zwei Episoden.

Ihren Kaspar hat sie bei einer Tanzveranstaltung kennen gelernt. Dass sie ihm zeitlebens eine untertänige Frau war, die niemals aufbegehrte, selbst dann nicht, wenn er sie maßregelte, weil sie, vor ihm kniend, seine Schuhe nicht flink genug band, hat mir meine Tante Cilly erzählt. Dennoch glaubte auch meine Tante, dass es wohl Liebe gewesen war, welche die kleine, zierliche Frau mit dem hünenhaften Mannsbild verband, der inzwischen Eisenbahnhilfsunterbeamter bei der Königlich Württembergischen Staatseisenbahn war, bald aber schon in den Landtag berufen wurde, wo er für eine soziale Gesetzgebung eintrat, denn die Arbeitnehmer und ihr völlig unzulänglicher Lebensstandard damals lagen ihm von Kindheit an am Herzen.

Als er mit meiner Großmutter Amalie nach Ulm in die Wohnung über dem Hotel »Zum deutschen

Bei Omas 75. Geburtstag am 9. Dezember 1957

Kaiser« zog, da hatte er bereits die Bezirksgeschäftsstelle der Gewerkschaft deutscher Eisenbahner übernommen, bis ihm der Adolf Hitler die Wohnung und den Landtag und auch die Bezirksgeschäftsstelle wieder wegnahm.

Meine Großmutter aber war auch nicht untätig gewesen und hatte inzwischen drei Kinder bekommen; das letzte mehr oder weniger mühelos, oder wie sie es audrückte, »neber'm Spätzle-Neidrucka«.

Während mein Großvater sich um die Politik und meine Großmutter sich um die Familie kümmerte, ist meine Mutter ins heiratsfähige Alter gekommen. Dass sie sich in meinen Vater verliebt hat, war ihren Eltern nicht recht, weil mein Vater ein Evangelischer und außerdem arbeitslos war.

Dennoch konnten sie an dieser Liebe nicht rütteln. Statt in die Klavierstunde ging meine Mutter an die Donau, weil dort mein Vater auf sie wartete. Ein Kind bekam meine Mutter auch bald. Heiraten durfte sie trotzdem nicht. Und meine Großmutter schämte sich für die Tochter und vermied es, dass sie mit dem Balg in der Öffentlichkeit gesehen wurde. Erst als das zweite Kind, meine Schwester Margret, unterwegs war, ließ sich die Heirat nicht mehr verhindern. Mein Vater war zwar immer noch ein Evangelischer, doch hatte ihm inzwischen der Adolf Hitler eine Arbeit verschafft.

Weil mein Großvater das Haus in der Klosterstraße kaufte, hatten auch meine Eltern, die bald die Parterrewohnung bezogen, ein neues Zuhause. Obwohl mein Vater inzwischen eine Arbeit hatte, war es für ihn nicht leicht, in jedem Monat die dreißig Mark Miete aufzubringen, die mein Großvater von ihm verlangte. Wenn mein Vater aber in Raten bezahlte, dann wurde mein Großvater gleich einen Kopf größer und schaute auf meinen Vater herab.

Als der Krieg begann und mein Vater an die Front geschickt wurde, hielt mein Großvater zu Hause die Stellung. Außerdem versorgte er die durchziehenden Landser mit Decken, Stiefeln und Wäsche.

Nach dem Krieg hatte mein Großvater keine Lust mehr auf die Politik. Reden halten wollte er aber dennoch. So schloss er sich dem Verband der Kriegsbeschädigten an, wo er genügend Gelegenheit dazu bekam. Damals ging beim VdK der Spruch um: »Solang dr Kasper net gschwätzt hot, isch d' Sitzung net aus.«

Je älter er wurde, desto lieber verlegte er jedoch seine Sitzungen ins Wirtshaus, von wo er öfters einen Affen mit nach Hause brachte. Meine Großmutter wachte dann darüber, dass er in diesem Zustand nicht gesehen wurde.

»Dr Opa hot an Affa, do könnat ihr jetzt net nei«, sagte sie einmal zu uns Kindern, als wir zum Großvater wollten. Dass sie uns damit erst recht neugierig

Großeltern Kaspar und Amalie im Garten

Oma mit ihrer Urenkelin Manuela, 1962

machte, weil gerade der Affe es war, der uns jetzt mehr als alles interessierte, hatte sie nicht auf der Rechnung.

Wenn mein Großvater nicht bei einer VdK-Sitzung oder im Wirtshaus saß, dann konnte man ihn nur im Garten antreffen, wo er mit irgendeiner Arbeit beschäftigt war. Pflanzen, Bäume schneiden, Beeren ernten. Am eindringlichsten haften mir seine Herbstfeuer im Gedächtnis. Es schien mir damals, als würde jede Jahreszeit durch ihn erst möglich.

Sein Sterben war dann ein wochenlanges Dahinsiechen. Meine Mutter, meine Großmutter Amalie und mehr noch meine Tante Cilly übernahmen geduldig die Pflege, die vor allem darin bestand, sein voll gemachtes Bett täglich neu zu beziehen. Zuletzt erkannte er niemanden mehr. Lienhardt, sagte er zu mir, so hieß der Bruder der Wachter Hedwig.

Dass er sich die Sterbesakramente so zeitig schon hat geben lassen, erwähnte der Pfarrer Rohrer lobend in seiner Grabrede. Diese Weitsicht hätte ihn auch als Landtagsabgeordneten ausgezeichnet.

Bei den Nachrufen wurde immer auch meine Großmutter Amalie erwähnt, obwohl sie ihm an Wichtigkeit deutlich nachstand. An seiner Seite zu stehen war ihr jedoch Aufgabe genug gewesen. Solange mein Großvater lebte, war meine Großmutter Amalie in der Hauptsache damit beschäftigt gewesen, auf ihn zu warten. So wäre es ihr nie in den Sinn gekommen, vor ihm ins Bett zu gehen. War er im Wirtshaus, so wartete sie am Fenster, bis er sein Kommen durch ein die Nacht durchdringendes »Amalie, mach die Türe auf!« ankündigte.

Nachdem mein Großvater tot war, gab meine Großmutter immer häufiger ihre Episoden zum Besten. Auch unterhielt sie uns bald täglich mit den ersten sechs Zeilen aus Ludwig Uhlands Schwäbischer Kunde. Dabei saß sie am Stubentisch und wartete, wie sie einst immer auf ihren Kaspar gewartet hatte, auf den Kaffee. Und wenn sich der durch seinen Geruch ankündigte, dann sagte sie: »Kaffee, mein Leben.« Als wolle sie uns wissen lassen, dass ihr Leben wieder einen Sinn bekommen hatte.

Kurz vor ihrem Tod bat sie meine Tante Cilly, man möge doch, wenn es so weit sei, ihr dann und wann einen Eimer Kaffee aufs Grab gießen. »Wer weiß, ob es im Jenseits welchen gibt …« Auf alles könne sie verzichten, selbst auf das Leben, aber der Kaffee, der ginge ihr doch ab.

Grüppenbild mit Tante Liese

Häschen in der Grube,
saß und schlief,
saß und schlief.
Armes Häschen, bist du krank,
dass du nicht mehr hüpfen kannst?
Häschen hüpf.

Zugegeben, ich hatte Mitleid mit diesem Häschen, welches wohl krankheitshalber in einer Grube festsaß und deshalb nicht weiterhüpfen konnte; doch reichte mein Mitleid nicht aus, um länger im Kindergarten oder in der Kinderschule, wie wir dazu sagten, zu bleiben.

Drei Tage, fand ich, waren genug. Drei Tage, die mich zwar um dieses Lied sowie um ein paar Erfahrungen reicher machten, in denen Wissen und Bildung jedoch aufs Gröbste zu stagnieren drohten.

Weil die Clarissenschwestern die Aufsicht übernommen hatten, wurde viel gebetet. Die Gebete, die wir aufsagen mussten, waren mir jedoch längst geläufig, und auch das Märchen vom Wolf und den sieben

Geißlein gehörte für mich in die Gefilde der Wiederholungen.

Freilich hätte ich die Zeit auch dadurch nützen können, die Auswirkungen seelischer Einflüsse auf das soziale Leben zu untersuchen, doch langweilte mich bald jeder gruppendynamische Prozess und ich spürte, die Kinderschule war nichts für mich.

Meine Mutter hatte mich hier, auf Anraten des Schulrektors, probeweise einquartiert. Dass ich diese Probezeit so abrupt beendete, mag sie verwundert haben, doch reichte ihr Verständnis weit über das Durchschnittsverständnis, das eine Mutter ihrem Sohn entgegenzubringen vermag, hinaus.

Meine Enttäuschung darüber, nicht eingeschult worden zu sein, versuchte sie mit einer Schultüte, die mit Süßigkeiten gefüllt war, zu lindern. Sie sollte allerdings auch Ansporn sein, es doch, wie der Rektor Rauneker empfohlen hatte, mit einem Jahr Kinderschule, welche ich zuvor konsequent gemieden hatte, zu versuchen.

Der Rektor Rauneker, der für meine Musterung zuständig gewesen war, hatte mich gewogen und für zu leicht empfunden. Seine Vorurteile, Gewicht und Größe betreffend, wurden nur noch durch seine Intoleranz übertroffen, die er, einen kleinen Sprachfehler bei mir entdeckend, schamlos äußerte. Durch die Nase würde ich sprechen, behauptete er. Das hatte vor

Gruppenbild mit Tante Liese

ihm noch keiner bemängelt. Weder mein Vater noch meine Mutter, nicht die Wachter Hedwig und nicht einmal mein Bruder Reinhold, der doch den kleinsten Makel an mir hinausposaunt hätte.

Den weiteren Einwänden von schulischer Seite her folgte die Demütigung in Form der bereits erwähnten Empfehlung an meine Mutter. Die Schultüte, als unser gemeinsamer Protest gegen die Entscheidung des Rektors, machte die Kränkung erträglich wie auch das Mitgefühl meines Vaters, der mir zum Trost ein umstrittenes Todesurteil aus seinem Wildwestroman vorlas.

Obwohl auf dem Kindergartenfoto, das ich von meiner Mitschülerin Gabi Schmid bekommen habe, an die hundert Kinder abgebildet sind, kann ich mich, trotz aller Anstrengung, darauf nicht finden. Es wäre auch ein Zufall gewesen, wenn gerade innerhalb dieser drei Tage meiner Anwesenheit ein Foto gemacht worden wäre.

Von all den Kindern erkenne ich nur den Mack Erich und den Maichel Bernd und am Bildrand die Tante Liese, deretwegen ich meinen Aufenthalt eventuell verlängert hätte, wäre meine Mutter nicht der Ansicht gewesen, dass dies kein ausreichender Grund wäre.

Die Tante Liese hatte ich, im Gegensatz zu den Clarissenschwestern, gleich verehrt. Vor allem ihre

Stimme, dieser wohlige Beschützerton, mit der sie ein ums andere Mal die Clarissenschwestern zur Nachsicht rief, wenn ein Kind dem geforderten Gehorsam nicht gewachsen war.

Setzten die Clarissenschwestern ein Kind zur Strafe auf den hohen Kachelofen, dann schaute die Tante Liese nicht lange zu. Mühelos bahnte sie sich dann einen Weg durch den Kinderpulk und eilte herbei wie zu einer Unglücksstelle.

Jetzt, da ich sie am Bildrand entdecke, spüre ich wieder die Wärme ihrer samtweichen Hand, die sie mir beim Morgengruß schenkte. Und ich kann sie riechen; der Duft von Maiglöckchen weht mich an.

An jedem dieser drei Tage hatte sie sich neben mich gesetzt, um das Lied vom Häschen in der Grube mit mir zu singen. Unser gemeinsames Mitleid war so schön wie die Liebe. Doch reichte es wohl nicht aus, um länger als drei Tage zu überdauern.

Im folgenden Jahr wurde ich dann eingeschult. Der Mack Erich und der Maichel Bernd kamen in meine Klasse. So wurde das magische Dreieck möglich. Dem Rektor Rauneker bin ich für alle Zeit dankbar, denn er brachte mein Leben in die richtige Spur.

Welch göttliche Fügung!

Das Pfingstwunder

Während der Pfarrer Rohrer bemüht war, seine Gemeinde darüber aufzuklären, dass es ohne das Pfingstwunder, welches sich vor etlichen Jahren in Jerusalem zugetragen hatte, gar keine christliche Kirche gäbe, war der Mack Erich, der neben mir in der Kirchenbank saß, von einer solchen Unruhe geplagt, dass es mich nervte.

»Was isch'n los?«, fragte ich ihn deshalb.

»'s isch wega heit Mittag«, flüsterte er zu mir herüber. »'s kommat bestimmt an Haufa Leit.«

»Dreihondert, schätz i, wenns net regnet«, antwortete ich ihm.

Der Mack Erich zappelte noch immer, brachte hernach aber seine gefalteten Hände wieder in eine andächtige Stellung zurück, weil der Pfarrer Rohrer bereits dabei war, die heilige Wandlung vorzubereiten.

Nach der Kirche hatte es der Mack Erich dann furchtbar eilig. Weil er nicht zu spät zu unserem Einlagespiel kommen wollte, welches vor dem Finale der A-Jugend angesetzt war, plante er wenig Zeit fürs

Mittagessen ein. Trotzdem stürmte er erst in die Kabine, als die meisten diese schon unter dem nervenaufreibenden Klacken ihrer Kickschuhe wieder verließen.

Unser Gegner kam aus Berlin und nannte sich Tennis Borussia.

Bereits im Mittelalter trafen sich die vornehmen Ritter, um bei den Pfingstspielen ihre Kräfte zu messen. Diese Veranstaltungen erfreuten sich immer eines großen Zuspruchs. Im Jahre 1184 sollen sich allein in Mainz mehr als 70 000 Menschen zu solch pfingstlichen Ritterspielen versammelt haben.

Aus diesen Kampfspielen ist auch das Internationale Fußball-A-Jugend-Turnier der TSG Söflingen entstanden, welches nun jährlich, ebenfalls zu Pfingsten, ausgetragen wird.

Mannschaften aus Österreich und der Schweiz sowie aus der näheren Umgebung werden dazu eingeladen, und die Spieler, die übernachten müssen, werden bei bereitwilligen Vereinsmitgliedern untergebracht.

Damals, es war das Jahr, als Bundeskanzler Adenauer zurücktrat und Ludwig Erhard dessen Posten übernahm, als Papst Paul VI. neuer Papst und Borussia Dortmund Deutscher Meister wurde, hatte mein Bruder Karlheinz den Linksaußen von Young Boys Bern als Herbergsgast. Der war blond und schmächtig, aber so ballgewandt, dass er schnell der Publikumsliebling des ganzen Turniers wurde.

Doch war mein Bruder Karlheinz mit seinem Gast weniger zufrieden, weil dem das ihm vorgesetzte schwäbische Mittagessen nicht schmeckte. Anstatt den Teller, wie mein Bruder es ihm vorexerzierte, zielstrebig und fast ohne aufzuschauen zu leeren, stocherte der Schweizer nur ein wenig im Schweinebraten herum. Kartoffelsalat und Spätzle rührte er überhaupt nicht an, was ohne weiteres als Affront gewertet werden durfte. Weil über die anderen Berner Spieler ähnliche Klagen laut wurden, war es nur verständlich, dass sie in der Gunst der Zuschauer deutlich zurückfielen. Mein Bruder Karlheinz war verwundert, dass sie es bei einer derartigen Mangelernährung bis ins Endspiel geschafft hatten.

Bevor dieses Endspiel aber angepfiffen wurde, machten wir, die C-Jugend-Mannschaft der TSG Söflingen, unser Einlagespiel gegen die Berliner.

Weil in diesem Jahr die Bundesliga eingeführt werden sollte, wollten auch wir unser Bestes geben und liefen unter dem Beifall der Zuschauer bereits äußerst routiniert aufs Feld. Weil es nicht regnete, waren die Ränge schon jetzt gut besetzt. Der Mack Erich war im Trikot unserer Mannschaft nicht mehr nervös. Mit einem professionell anmutenden Griff um den Ball prüfte er dessen Luft und gab dem

Das Pfingstwunder

Schiedsrichter, der bereits am Mittelkreis stand, grünes Licht.

Ich stellte mich rechts, der Maichel Bernd sich links neben den Mack Erich. Das magische Dreieck war für alle Zuschauer somit gut sichtbar. Obwohl uns diese immer wieder anfeuerten, plätscherte das Spiel ohne nennenswerte Aktionen vor sich hin. Ich hatte so gut wie keine Ballberührung, verletzte mich aber dennoch, weil der Berliner Stopper mein Scheinbein traf. Von diesem Augenblick an humpelte ich nur noch über den Sportplatz und wurde nicht mehr angespielt. Auch nicht vom Mack Erich.

Dass mir dennoch kurz vor Schluss ein Tor glückte, kam dem Pfingstwunder, von welchem der Evangelist Lukas im zweiten Kapitel der Apostelgeschichte berichtet, gleich. Nach einer abgewehrten Flanke hing der Ball für einen Augenblick vollkommen still in der Luft. Ich setzte zu einem Flugkopfball an und köpfte den Ball unter die Latte. Die Zuschauer bejubelten den spektakulären Siegtreffer. Ich humpelte noch langsamer über den Platz, um den Moment des Triumphes in voller Länge auszukosten. Nur meinen Bruder Karlheinz konnte ich nicht täuschen. Dass man mich das ganze Spiel über so gut wie nicht gesehen hat, war ihm aufgefallen. Über meine etwaige Zukunft in der Bundesliga verlor er deshalb kein Wort mehr.

Das Endspiel danach gewannen die Schweizer mit zwei zu null Toren. Beide Treffer erzielte der Linksaußen. Er nahm auch den Pokal entgegen. Mein Bruder Karlheinz hätte stolz sein können, wäre die Sache mit dem Mittagessen nicht gewesen. So blieb es bei einem höflichen Abschied.

Den Abend verbrachte mein Bruder Karlheinz im Kreise seiner Apostel, die bei einem ausgiebigen Umtrunk des Pfingstwunders gedachten. Dass der heilige Geist in Form feuriger Zungen und später als Taube den Jüngern erschienen war, war für damalige Verhältnisse zumindest wundersam.

Tante Cilly

Ein Mann kam in den Garten, der ging auf zwei Krücken. Als er sich dem Kind näherte, bekam das Kind Angst, rannte schreiend ins Haus und suchte Schutz bei der Mutter.

»Mädle, vor dem musch koi Angst han, des isch dei Babba«, beruhigte die Mutter das Kind.

Das Kind war meine Tante Cilly. Man schrieb das Jahr 1918. Ihr Vater war heimgekehrt vom Krieg.

Jetzt sitzt mir meine Tante beim Tee gegenüber. Sie erzählt mir die Geschichte, als hätte sich das alles erst neulich zugetragen. Dabei ist sie im vergangenen Jahr neunzig Jahre alt geworden und ist nun die letzte Verwandte aus der Generation meiner Eltern; die letzte, die mir erzählen kann, wie es damals bei uns und überhaupt auf der Welt zugegangen ist. Ihr Gedächtnis funktioniert noch immer. Sie breitet ihre Lebenschronik vor mir aus: ein bescheidenes Buch mit Alltagsgeschichten, in denen ich blättern darf.

Unter dem Mantel der Verschwiegenheit gesteht sie mir, dass sie noch immer den Namen und die Adresse ihres ersten Verehrers weiß: Doktor Emanuel

Garter, Mathildenstraße 11, Schwabing. Damals hat sie in München gelebt. Ihre Schwester tanzte im Bohème, und sie arbeitete im Haushalt der Familie eines Oberstleutnants a. D., der sie so lange kasernierte, bis meine Tante Cilly es vorzog, zu kündigen.

Nie hätte sie einen Bauern geheiratet. Der Stallgeruch war ihr zuwider. Dann schon lieber den Doktor Garter, der sie nach Grünwald zum Kaffeetrinken ausführte. Aber diese Welt war dann auch nicht die ihre.

Ihr Vater hatte einen Käsegroßhandel betrieben. Den Käse musste sie mit Salzwasser schmieren, bis er reif war. Der Käsekeller befand sich im Haus, weshalb der »Käsgschmack« in allen Zimmern hing.

Hinter dem Haus lebten die Bienenvölker des Vaters. Die Bienen bekamen den Zucker, die Kinder den Honig. So war das Leben eingeteilt. Unsichtbare Mauern umschlossen das Dorf. Manchmal gelang die Flucht in die Stadt.

Nach dem Tod des Vaters zog es meine Tante nach München. Als aber die Mutter erkrankte, kehrte sie wieder heim.

»Jetzt, wo du do bisch, ben i scho wieder halba gsond«, empfing die Mutter die Tochter und war bald wieder von ihrer schweren Krankheit genesen. Meine Tante Cilly aber zog es wieder hinaus. In die Stadt wollte sie, nur in die Stadt!

In Ulm gab es die Käsefabrik Koppenhöfer. Dort fand sie Arbeit und bald auch den Mann, der sie heiraten wollte. Der Mann war mein Onkel Franz, der jüngere Bruder meiner Mutter. Die wohnten noch über dem »Deutschen Kaiser«.

Zum Tanzen in den Glaspalast, zum Fasching ins Münsterhotel, wo sich die besseren Leute trafen. Dorthin führte mein Onkel Franz die Tante Cilly aus. Zu den besseren Leuten wollten auch sie gehören. Und im vornehmen Café Lünert oder im Café Gindele einen Kaffee serviert bekommen.

Das war nicht Grünwald und mein Onkel war nicht der Doktor Garter, in dessen Welt sie sich nicht getraut hatte, aber mein Onkel Franz war auch kein Bauer und er roch nicht nach Käse; er spielte die Violine und klopfte schon einmal sachte an bei der vornehmen Welt. Immerhin war sein Vater ein Landtagsabgeordneter und der Verwaltungssekretär der Eisenbahner-Gewerkschaft. Zumindest so lange noch, bis der Adolf Hitler an die Macht kam und ihm die Wohnung und alle seine Ämter weggenommen hat.

Ein Jahr, bevor der Krieg begann, heirateten mein Onkel Franz und die Tante Cilly. Getraut wurden sie in der Söflinger Klosterkirche. Gefeiert wurde im »Zitronenbaum«.

Sie zogen mit in die Klosterstraße, in die Wohnung im ersten Stock, welche sie achtzehn Jahre lang

Tante Cilly als junge Frau

Beim Brennholz-Verladen

mit meinen Großeltern teilten. Nur im Krieg, als die Fliegerangriffe sich häuften, ist meine Tante mit dem Kind, das sie inzwischen bekommen hatte, zurück ins Elternhaus geflohen.

Dort fielen keine Bomben. Und die Lebensmittel waren nicht so knapp wie in der Stadt. Meiner Mutter brachte sie einen Kinderwagen voller Suppenwürfel mit. Und im letzten Kriegswinter eine Weihnachtsgans. Die hatte sie eingetauscht gegen den Bombenwein, der auch ihr zustand. Nach jedem Luftangriff durfte man als Entschädigung auf dem Rathaus eine Flasche Wein abholen, den Bombenwein, wie sie ihn nannte.

Im Krieg hat sie ihren Franz besucht. Der war in Bayreuth stationiert und durfte mit ihr im Hotel übernachten. Die Bettlade brach durch. Das morsche Holz war ihrer Leidenschaft nicht gewachsen.

Meine Tante Cilly lacht. Der Tee vor ihr wird kalt. Aber sie will den Fluss ihrer Erzählung nicht unterbrechen.

Im Dezember 1944, als die Stadt im Bombenhagel brannte und die Flammen auch von unserem Haus Besitz ergriffen, blieb allein das Zimmer meiner Tante Cilly verschont, weil sie selbiges vom Pfarrer Rohrer hatte segnen lassen.

Aus Dankbarkeit verzichtete sie nach dem Krieg auf den grünen Kaffee der Franzosen und tauschte ihn gegen einen Sack Mehl ein, den sie mit meiner Mutter und meinen vier älteren Geschwistern teilte.

Jetzt kramt sie ein paar Bilder hervor. Fotos von damals, die schon an meine eigene Erinnerung heranreichen. Ich entdecke meine Tante Cilly, wie die Großeltern und sie mit dem Brennholz zugange sind. Auch meine Mutter und meine Schwägerin Elli sind auf dem Bild. Und in dem Kinderwagen, in welchem meine Tante einst Suppenwürfel transportiert hat, liege nun ich.

Ich schaue die Bilder durch, die sie mitgebracht hat. Einige wurden bei diversen Weihnachtsfesten aufgenommen. Ich denke an die »Deutschen Heldensagen«, die sie mir einmal an Weihnachten geschenkt hat.

Meine Tante Cilly nimmt jetzt einen Schluck Tee. Es stört sie nicht, dass er kalt geworden ist. Auch der Regen kümmert sie nicht, obwohl er ihr mit dem »Wägele«, welches sie als Gehhilfe braucht, Probleme machen könnte. Sie verabschiedet sich und packt ihre Lebenschronik zusammen und sammelt doch weiter dafür, Tag für Tag.

Café Mack

Geomantisch gesehen wäre es durchaus denkbar, dass unter den Gasträumen des Café Mack eine Venuslinie verläuft; jene Kraftader also, welche es vermag, die weibliche Anziehung mit einer gewissen Bereitschaft des Mannes zu vereinen. Dies wäre zumindest eine Erklärung dafür, warum fast jede Söflinger Ehe ihre Wurzeln im Café Mack hat.

Viele machen den Klavierspieler, der fast jeden Abend dort mit seinem Spiel für eine meist melancholische Stimmung sorgte, dafür verantwortlich. Andere wiederum glauben, das Café hätte den Charme eines familiär geführten Etablissements, welches, bei aller Erotik, häusliche Gemütlichkeit nicht ausschließt. Mein Bruder Reinhold aber ist nach wie vor der Meinung, es läge an den fairen Getränkepreisen, welche die Geschlechter hier zusammenführe.

Mein Bruder Karlheinz saß jeden Sonntagabend im Café Mack, um die brandneue Grüne Sportzeitung, die dort auslag, zu studieren. Dass er neben den aktuellen Fußballergebnissen auch die Frau fürs Leben fand, ist damit zu erklären, dass das Café

Karlheinz und Bärbel

Mack auch der Ort diverser Faschingsveranstaltungen war.

Damals, am gumpigen Donnerstag, Pablo Picasso hatte soeben Jacqueline Roque geheiratet, saßen auch die Apostel im Café Mack. Weil sich jeder verkleidet hatte, waren sie als Apostel allerdings nicht mehr auszumachen. Mein Bruder Karlheinz ging als Leichtmatrose und die Weber Bärbel, die den ganzen Abend schon auf sich aufmerksam machte, hatte auch nicht viel an. Am gumpigen Donnerstag galt dieser Aufzug aber als natürlich. Fast alle Damen versteckten sich nur hinter einer eher leicht zugänglichen Maskerade.

Während mein Bruder Karlheinz mit der Weber Bärbel, die eine Schuhverkäuferin bei Siegle war, anbandelte, war auch den anderen Aposteln nach Damenbegleitung zumute. Der Klavierspieler schürte diese allgemeine Sehnsucht noch und sang das Lied »Seemann, lass das Träumen«.

Die Weber Bärbel schwärmte indessen über die Galanterie meines Bruders als einer selbstlosen Handlung. Dass er sie aus eigensüchtigen Gründen vollführte, war unerheblich. Sie freute sich über die glückliche Fügung, dass heute nicht Sonntag war, denn die Grüne Sportzeitung wäre eine nicht zu unterschätzende Konkurrenz gewesen.

So überhörte mein Bruder Karlheinz sogar den Apostelfreund, der ohne Damenbegleitung geblieben war und deshalb, mehr dem Alkohol frönend, auf hochdeutsch im Stakkato daherkalauerte: »Ich wag mich nicht an Inge ran, die kommt gleich mit dem Ringe an.«

Auch der Olymp ist öde ohne Liebe, meinte mein Bruder noch, Kleist zitierend, und suchte die Verschwiegenheit der Nischen, um im Schutz des Zigarettenqualms jene Reibflächen zu finden, an denen allgemein versucht wird, das Feuer der Liebe zu entzünden.

Weil der Wachter Hedwig und mir damals noch diese Räumlichkeiten verwehrt blieben, kannten wir das Café Mack nur von der Rückseite her. An den Sommersonntagen standen wir häufig an dem kleinen Guckfenster dort an, um uns ein Eis zu kaufen. Das Zehnerle dafür hatte mir fast immer meine Großmutter Amalie zugesteckt.

Später, als das Café auch für uns zugänglich gewesen wäre und somit ein magischer Ort der Liebe hätte sein können, ergab sich keine Gelegenheit mehr dazu. So sind die Wachter Hedwig und ich kein Paar geworden.

Mein Bruder Karlheinz und seine Bärbel aber saßen seit jenem gumpigen Donnerstag noch häufig hier.

Und feierten ihr Verliebtsein, wie Alfred Polgar es nannte, als privates Weltereignis.

Faschingsgesellschaft

Siebenschläfer

Im Märtyrerverzeichnis des Hrabanus Maurus finden wir jene sieben Brüder, die während der großen Christenverfolgung unter dem römischen Kaiser Decius bei Ephesus wegen ihres Glaubens in eine Höhle eingemauert wurden. Nach 200 Jahren hat man die Brüder endlich aus ihrem Gefängnis befreit. Dabei sind sie aus ihrem Dauerschlaf erwacht. Einen ähnlich langen Schlaf konnte auch Dornröschen aufweisen, ehe ein Prinz sie durch sein beherztes Auftreten weckte. Kaiser Friedrich Barbarossa indessen schläft noch immer im Kyffhäuser-Gebirge, weil erst der Weltfriede ihn aufwecken kann.

Dass man eine Sache überschlafen muss, wusste ich von meinem Vater, und je größer die Sache war, desto länger dauerte auch die Schlafzeit.

Als ich meinen ersten Schulweg zum Spritzenhaus antrat, weil es in der Schule keinen Platz für die Erstklässler gab, waren auch bereits sieben Jahre meines Lebens vorüber. Erst jetzt konnte Herr Schiele, mein erster Klassenlehrer, mich aus dem Schlaf der Unwissenheit befreien und mir das Lesen beibringen.

Tante Cilly schenkte mir sofort ein Buch. Es hieß »Tom lernt das Uhrenlesen«. Jetzt wusste ich, wie die Zeit funktionierte und fühlte mich mit gutem Gewissen gehetzt.

»Der gestohlene Räuber« war ein weiterer Meilenstein auf dem Weg meines Erwachens. Diesmal lernte ich etwas über die Moral. Dass auch ein Räuber ohne weiteres gestohlen werden konnte, sollte mich beflügeln, auch in schwierigen Situationen den Pfad der Tugend nicht zu verlassen. Weil der Räuber aus dem Kasperletheater jedoch nichts tat, als seiner Rolle gerecht zu werden, war die Moral der Geschichte eher eine Folge der Heuchelei.

Unsere Bibliothek war überschaubar und nahm nicht viel Platz weg. Einige Bücher waren in einer Schrift gedruckt, die nur meine Großeltern und Eltern noch entziffern konnten. Unter den normalen Büchern stach eines mit grasgrünem Einband hervor. Es hieß »Hans Eichhorn, der Lausbub«. Ich war überzeugt, dass es allerhand über meinen Vater aufdeckte. Dass der Roman sich als Tiergeschichte entpuppte, in welcher ein Eichhörnchen sich überall die Nüsse zusammenklaute und Vögel ärgerte, enttäuschte mich. Die Literatur, ich sollte es noch einige Male erfahren, versprach oft mehr, als sie zu halten imstande war.

Eine Zeit lang interessierte mich das Leben von Heiligen, deren Glaube sie in den Märtyrertod getrie-

Der Bücherbus

ben hatte. Später suchte ich die Helden anderswo. Seit dem Wunder von Bern waren meine Helden auf Fußballplätzen zu Hause. Fritz Walter war mein Lieblingsheld. Die Geschichte vom Endspiel in Bern las ich regelmäßig vor dem Einschlafen.

Weil man Bücher allenfalls zu Weihnachten geschenkt bekam, musste man sich den Rest der Lektüre ausleihen. Zu diesem Zweck hatte man die Fahrbücherei eingerichtet. Jeden Donnerstag hielt der Bücherbus eine Stunde lang auf dem Klosterhof. Das Gedränge war groß. Der Vögele Joachim brachte jedes Mal fünf entliehene Bücher zurück und nahm wieder fünf neue mit. Er war der Erste, den ich seiner Schnellleserei wegen bewunderte. Um ihm Paroli zu bieten, tendierte ich nun zu schwerer Lektüre. Diese schnell zu lesen, wäre einem Verbrechen gleichgekommen. Als ich mir »Schuld und Sühne« auslieh, staunte sogar die Bibliothekarin. Die vielen Namen verwirrten mich aber beim Lesen und ich hörte wieder auf damit. Weil Dostojewski ein derart großes Personal für einen einzigen Roman verbrauchte, war meine Reaktion verständlich und ein Grund dafür, warum ich in der Folgezeit mehr zu den großen Dramen und Tragödien tendierte. Hier waren die Mitwirkenden sogar auf der ersten Seite aufgelistet. Auch blieben einem Landschaftsbeschreibungen und Mitteilungen über Witterung und Tageszeiten erspart.

Die Helden wurden nicht vorgestellt, sie stellten sich selber vor.

Sie traten auf und wussten gleich Bescheid: »Durch diese hohle Gasse muss er kommen, es führt kein andrer Weg nach Küssnacht.« Gleich folgten den Sätzen Taten. Mit beidem aber bahnten sie sich einen Weg zu mir. Wilhelm Tell, der mit seinem letzten Pfeil den Tyrannen besiegte, wurde mein Lieblingsheld.

Eine andere Art der Lektüre waren die Bildhefte, die man heute Comics nennt. Häuptling Silberpfeil und Ritter Sigurd hießen hier die Heroen, Tarzan, Tibor, Falk und Nick.

Beim Grünvogel lagen jede Woche die neuen Hefte aus. Manchmal kaufte ich ein Silberpfeil-Heft für dreißig Pfennig. Der Matheis Gäge investierte in Sigurd und der Mack Erich sammelte Nick, der im Weltraum für Recht und Ordnung sorgte. Wir tauschten die Hefte rege untereinander aus. Wer sich vom Bölstler Bernd ein Heft ausleihen wollte, musste unterschreiben.

Beim Spielen in unserem Garten war ich Häuptling Silberpfeil. Der Maichel Bernd, der mit dabei war, sagte, er sei Winnetou. Nie zuvor hatte ich den Namen gehört. Jetzt aber wollte ich nie mehr ein anderer sein. Am nächsten Donnerstag gleich holte ich mir in der Fahrbücherei mein erstes Karl-May-Buch. So wurde der Glöckler Wolfgang mein Blutsbruder Old Shatterhand und der Maichel Bernd, der mir den Namen Winnetou wie aus einer fernen Vergangenheit ins Gedächtnis gerufen hatte, war nun für immer der Medizinmann der Apatschen.

Ein glücklicher Umstand jener Tage war auch, dass meine Mutter sich zum Beitritt in einen Lesering hatte überreden lassen. Nun war ich nicht mehr allein auf die Fahrbücherei angewiesen. Außerdem durfte ich das einmal Gelesene in meinem Bücherschrank festhalten.

Heute, längst ist das Buch für mich, einem arabischen Sprichwort zufolge, zu einem Garten geworden, den ich stets in meiner Tasche trage, denke ich an jenen 27. Juni zurück, als das erste Buchpaket des Leserings ins Haus geliefert wurde. Ich weiß das so genau, weil meine meine Mutter mir an jenem Tag die Wetterregel auf dem Kalenderblatt vorgelesen hatte. Dort hieß es: »Wenn's an Siebenschläfer regnet, dann regnet es sieben Wochen lang.« Ich schnürte das Paket auf. Und dabei spielte das Wetter keine Rolle.

Endhaltestelle

Warum wir Söflinger von jeher glaubten, etwas Besonderes zu sein, wird zuweilen auch damit begründet, dass Söflingen die Endhaltestelle der Straßenbahnlinie bildet.

Manchmal saß ich mit dem Mack Erich dort. Dann beobachteten wir die Straßenbahnen, wie sie ankamen und wieder abfuhren.

Die Straßenbahn brachte einen, wohin man auch wollte. Es war der direkte Weg in die Welt hinaus. Von hier aus ging es in die Stadt. Und war man erst in der Stadt, dann war es nur noch ein Katzensprung bis zur Welt.

In der Stadt waren Kino und Museum. Dort stand das Münster, dessen Turm man besteigen konnte. Und wenn man bis zur anderen Endhaltestelle fuhr, dann war man im Stadion und konnte die Torwart-Paraden des Wolfgang Fahrian bewundern. Einmal selbst dort zu spielen, davon träumten der Mack Erich und ich immer und immer wieder.

Noch weiter als das Stadion war die Donauhalle. Wenn dort eine Veranstaltung war, verschob sich die

Endhaltestelle um eine Station. Einmal waren der Mack Erich und ich zum Kinderball dort. Die Wachter Hedwig war auch dabei. Weil die Fahrt über die volle Distanz ging, hatte sie ein Vesper mitgenommen.

Der Mack Erich und ich waren als Indianer verkleidet, die Wachter Hedwig als Prinzessin. Auch die Spreng-Zwillinge saßen im selben Straßenbahnwagen. In diesem Jahr waren sie Piraten und machten die Weltmeere unsicher. Dass sie ihren Landurlaub für einen Kinderball nutzten, stimmte mich nachdenklich.

Obwohl der Mack Erich und die Wachter Hedwig mit dabei waren, fühlte ich mich schon während der Fahrt entwurzelt. Dieser Zustand steigerte sich noch, als wir im Foyer der Donauhalle unseren Eintritt bezahlten. Die fremden Kinder waren in einer erschreckenden Überzahl. Selbst wenn wir die Spreng-Zwillinge zu uns rechneten, blieben wir eine Minderheit.

Drinnen empfing uns eine Musik, wie ich sie von der Stimmungsplatte meiner Mutter her kannte. Humba-humba-humba-täterä schepperte es aus den Lautsprechern, und als wir endlich einen Sitzplatz ergattert hatten, wurden wir auch schon zum Schunkeln animiert. »Wir kommen alle, alle, alle in den Himmel«, dröhnten die Lautsprecher jetzt, und die Wachter Hedwig sang gleich mit: »Weil wir so brav sind, weil wir so brav sind.«

Auch zu einer Polonaise, kreuz und quer durch die Donauhalle, wurden wir gezwungen, ehe ein Conférencier, der auf die Bühne gestiegen war, uns aus dieser Haltung befreite, indem er alle bewaffneten Cowboys und Indianer aufforderte, ihre Revolver abzufeuern. Da die Luft jetzt vom Käpselesqualm geschwängert war, herrschte kurzzeitig eine heimeligere Atmosphäre, doch hielt diese nicht lange an, weil der Conférencier die Idee hatte, das originellste Kostüm zu prämieren. Da wir Buben entweder Cowboys oder Indianer waren, hatten die Spreng-Zwillinge als Piraten eine reelle Chance. Sie erhielten aber nur einen Trostpreis. Sieger wurde ein Till Eulenspiegel, der zuvor niemandem aufgefallen war. Auch die Wachter Hedwig wollte sich der Jury stellen. Ich riet ihr aber davon ab, weil man in dem Gedränge stets Gefahr lief, erschossen, erstochen oder sonst wie unangenehm berührt zu werden. So verfolgte sie von unserem Tisch aus das Ergebnis des Wettbewerbs. Weil eine Prinzessin gekürt wurde, ließ sie sich zu der Bemerkung hinreißen: »Do könnt i jetzt droba standa!«

Dass die Spreng-Zwillinge wenig später doch noch ins Rampenlicht treten sollten, war dem Einfall des Conférenciers, er wolle alle Rätsel lösen, welche die anwesenden Kinder ihm stellten, zu verdanken. Weil er denjenigen Preise versprach, deren Rätsel er nicht lösen würde, meldeten sich auch die Spreng-

Endhaltestelle am Gemeindeplatz

Zwillinge. Als sie an die Reihe kamen, gaben sie dem Conférencier das Rätsel auf: »Was hängt an der Wand, isch grün ond singt?«

Der Conférencier tippte auf einen Rucksack mit Kuckuck, einen grünen Vogelkäfig nebst Inhalt, ein grünes Hängeradio, zuletzt auf einen Operntenor, den man an die Wand genagelt hat, was ihm einige Lacher, nicht aber des Rätsels Lösung einbrachte.

Gespannt wartete er nun auf die Auflösung, welche die Spreng-Zwillinge ihm synchron zuwarfen.

»Grüner Rotz«, sagten sie und betonten bei der Erläuterung besonders das »k« bei dem Wort »sinkt«.

Einen Preis erhielten die Spreng-Zwillinge dennoch nicht, weil der Conférencier keinen Humor hatte. Er schickte die Piraten von Deck und hieß sie »Schweineigel«, was nun wieder für uns ein nicht gerade geläufiger Ausdruck war.

Weil danach wieder eine Polonaise angesagt wurde, schlug der Mack Erich vor, den Heimweg anzutreten. Ich stimmte ihm aus vollem Herzen zu. Auch die Wachter Hedwig wollte mit uns kommen, reihte sich aber bis zum Ausgang in die Polonaise ein.

Ein andermal waren wir bei einem Hallenhandball-Länderspiel in der Donauhalle. Der Bachner Siegfried hatte uns dazu eingeladen. Die Straßenbahn war gerammelt voll. Der Torhüter der Gastmannschaft bekam einen Wurf mitten ins Gesicht und wurde ohnmächtig davon. Weil er anschließend noch auf den Steinfußboden krachte, musste er von Sanitätern vom Spielfeld getragen werden. Der Bachner Siegfried ließ keine Gelegenheit aus, uns das Handballspiel schmackhaft zu machen. Doch hatten wir unsere Leidenschaft längst dem Fußball verschrieben und zogen es vor, künftig wieder eine Station früher, nämlich beim Stadion, auszusteigen, um Wolfgang Fahrian, den fliegenden Torwart, zu bewundern.

Ebenso erhebend aber wie dem Wolfgang Fahrian zuzuschauen war der Blick vom Münsterturm. Aus dieser Perspektive war Söflingen unglaublich nah, verlor aber gerade dadurch an Bedeutung.

Hier oben, so schien es, verschoben sich mit der Dimension auch die Werte. Die irdischen Dinge verloren an Gewicht. So weit von der Erde entfernt, musste Gott ziemlich nah sein.

Dennoch erschien es mir langweilig, allein auf den Münsterturm zu steigen. Ich nahm deshalb immer ein Mädchen mit.

Einmal war es die Heimberger Monika, die zur ersten heiligen Kommunion viel Geld geschenkt bekommen hatte. Sie konnte es sich jetzt leisten, mich ins Kino einzuladen. Weil sie mir außerdem ein Eis spendierte, hatte sie sich meine Zuneigung sowie ein paar Küsse verdient. Der Münsterturm war der geeignetste Ort zum Küssen. Siebenhundertachtund-

Eine Straßenbahn unterwegs in die Stadt

sechzig Stufen lang hatte man Gelegenheit dazu. Da ich über jede Menge Erfahrung verfügte, konnte die Heimberger Monika nur von mir lernen. Dennoch war sie es, die in den engen Winkeln stehen blieb und sich nach mir umdrehte, um den Dank für ihre Investition einzufordern. Weil sie vor mir ging und dadurch eine Treppe Vorsprung hatte, waren wir gleich groß, was die Ausübung für uns beide erleichterte. Ganz zufrieden aber war die Heimberger Monika trotzdem nicht, denn je höher wir stiegen, umso nachlässiger wurden meine Küsse. Da rechnete ich im Stillen, ob ich mir Kino und Eis bereits verdient hatte, denn die Prozedur bewirkte bei mir eine gewisse Übelkeit. Vielleicht war auch die Wendeltreppe schuld, die mal rechts- und dann wieder linksherum sich nach oben schlängelte. Der weite Blick über das Land war mit meinen profanen Wünschen ohnehin nicht mehr zu vereinbaren.

Ein schlechtes Gewissen aber meldete sich nicht. Mein Bruder Reinhold hatte mir erklärt, dass Leistung und Ertrag in einem gesunden Verhältnis zueinander stehen müssen. Außerdem war die Heimberger Monika eigentlich die Freundin vom Munz. Der Munz ging in meine Klasse und hatte, soweit ich mich erinnere, keinen Vornamen. Zumindest machte keiner Gebrauch davon. Er war einfach der Munz. Ein farbloser Junge, den jeder übersah, bis auf die Heimberger Monika. Dass sie allerdings so viel Geld auf ihn setzte, fanden wir übertrieben, denn ein hübscher Kerle war der Munz wirklich nicht.

Ob eine Charakterlosigkeit oder nur ein dummer Zufall dahinter steckte, dass der Bruch der Beziehung, zeitlich gesehen, mit dem Ende des Kommuniongeldes zusammenfiel, blieb bis zum heutigen Tage ungeklärt.

Während ich meine Begleitpersonen auf den Münsterturm beliebig auswählte, ging ich ins Museum am liebsten mit der Wachter Hedwig. Sie brachte alles Notwendige für einen Museumsbesuch mit: Ausdauer, Beharrlichkeit, ein gelangweiltes Interesse für die Kunst sowie den unstillbaren Drang, das auf zahlreichen Schildern proklamierte Berührungsverbot zu umgehen.

Minutenlang konnte sie die Porträts einstiger Ratsherren betrachten. Ihr Müßiggang dabei war formvollendet.

Doch waren mir die Museumsbesuche an und für sich zu einer lieben Gewohnheit geworden, auch weil meine Mutter dazu das Eintrittsgeld beisteuerte. Dass ich etwas für meine Bildung tat, freute sie. Manchmal kamen auch mein Bruder Reinhold und meine Cousine Renate mit. Der Mack Erich und der Maichel Bernd interessierten sich dagegen kaum für Kunst und Vergangenheit.

Wenn niemand herschaute, dann berührten die Wachter Hedwig und ich den Palmesel, auf welchem unser Herr Jesus Christus seit dem Jahre 1464 ritt.

Das Ulmer Geld interessierte mich, trotz des Aufwandes, den die Verantwortlichen des Museums damit trieben, weniger. Ein paar Geldstücke, nicht einmal rund, und ein paar ellenlange Geschichten dazu, die sich allesamt ums Geld drehten. Die Episode, dass es etliche Bürger gegeben hatte, die ihre Barschaft lieber in Söflingen verzechten, anstatt sie für den Ulmer Gulden einschmelzen zu lassen, mit welchem man die Schuld bei den Franzosen begleichen wollte, gefiel mir noch am besten.

Mein Bruder Reinhold dagegen stand minutenlang vor den Ulmer Gulden und betrachtete sie mit jener Weltläufigkeit, die einem Respekt abverlangte. Allein der Gulden wegen hätte er gerne in jener Zeit gelebt.

Einer der Museumswärter war ein Söflinger. Wir ertappten ihn dabei, wie er heimlich aus einer Schnapsflasche trank. Weil wir ihn nicht verrieten, durften wir nun in aller Ruhe die Kunstwerke berühren. Auch unseren Herrn Jesus Christus auf dem Palmesel. Mit der Aufhebung des Verbots wurde unserem Antrieb jedoch jeglicher Sinn geraubt.

Ins Museum ging ich nun seltener. Einmal lud ich die Helga Kühne dazu ein. Ich zeigte ihr die Kunstwerke, ohne dieselben berühren zu müssen. Auch von den Gulden erzählte ich ihr. Doch machte mein Wissen keinen Eindruck auf sie, und aufs Münster wollte sie hinterher auch nicht. Das hätte sie bereits mit dem Mack Josef, der sitzen geblieben und nun in unserer Klasse war, unternommen. Der Mack Josef, der später einmal als Bezwinger des Mount Everest berühmt werden sollte, hatte sich zum Küssen aber gewiss keine Zeit genommen. Vermutlich ist er ihr mit großen Sätzen vorausgeeilt, um als Erster oben anzukommen. Und dafür hatte die Helga Kühne ihn bewundert.

Wenn ich mit dem Mack Erich an der Endhaltestelle den Straßenbahnen zuschaute, wie sie kamen und wieder losfuhren, dann warteten wir immer auch auf den Vater von der Miller Gabi, der ein Straßenbahnschaffner war. Meistens schwankte er aus dem Triebwagen und hatte in der Folge Mühe, gerade nach Hause zu gehen. Dass ihm vom Straßenbahnfahren derart schlecht wurde, erstaunte uns zwar, doch galt dies für uns auch als Beweis, dass die Straßenbahn kein Ort für einen Daueraufenthalt war.

Sie durfte nicht mehr als das Sprungbrett zu einer ferneren Welt sein.

Inzwischen aber ist der Herr Miller gestorben, und gestorben ist auch der Beruf des Straßenbahnschaffners.

Die Fahrscheine erhält man aus Automaten und für die Ordnung im Triebwagen ist ein jeder selber verantwortlich.

Dafür haben die Straßenbahnen jetzt Namen. Sie heißen Albert Einstein und Sophie Scholl, Johannes Kepler und Max Eyth. Aber noch immer fahren sie dieselbe Strecke. Und noch immer ist Söflingen Endhaltestelle. Dort ist auch der Friedhof, auf dem meine Eltern, meine beiden Großmütter und Kaspar, mein Großvater, begraben liegen. Auch meine Schwester Margret, die als Erste von uns sechs Kindern starb, liegt dort. Und Elli, meine Schwägerin, die mir als meine Firmpatin die ersten Fußballschuhe mit Schraubstollen geschenkt hat.

Ich komme nicht oft zum Friedhof. Die Gräber sind mir fremd geworden. Die Erinnerungen haften anderswo.

Doch wenn ich dort bin, an Allerheiligen oder an Weihnachten, und durch die Grabmale hindurch hinunter zur Straßenbahn-Endhaltestelle schaue, dann kann es durchaus sein, zwei Jungen sitzen da, bereit zum Absprung hinaus in die Welt, wie damals der Mack Erich und ich.

Weitere Bilder aūs meinem Fotoalbūm

Hausball: Mein Bruder Karlheinz als Till Eulenspiegel
(»Hennadäpper«, Seite 23)

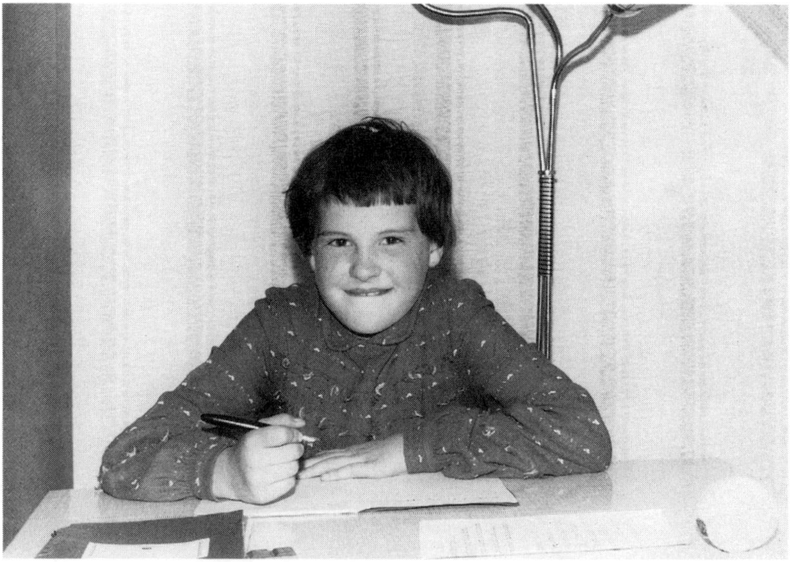

Die Wachter Hedwig, oben etwa zu der Zeit, als die Sache mit dem Regenwurm passierte (»Hennadäpper«, Seite 60), unten als Kommunionskind (»Hennadäpper«, Seite 43, Das Malheur mit der Kerze)

Die Heimstraß-Oma und ihre vier Kinder
– von links nach rechts: Onkel Reinhold, Tante Babette,
Tante Berta, die Heimstraß-Oma, mein Vater
(»Hennadäpper«, Seite 100)

Die Heimstraß-Oma mit Mann und Enkel
(»Hennadäpper«, Seite 100)

Schulausflug nach Holzmaden
(»Hennadäpper«, Seite 72)

Frühstück im Ferienheim;
Mittagsruhe im Zelt, vorn links der Stichler Josef
(»Hennadäpper«, Seite 66)

Vatertag: Die Apostel unterwegs (oben); Bruder Karlheinz im Salenhau (»Die Zukunft war schön«, Seite 71)

Mein Heiliger Abend
(»Hennadäpper«, Seite 138)